imaginist

想象另一种可能

理
想
国
imaginist

木心全集

哥伦比亚的倒影

木心

上海三联书店

图书在版编目（CIP）数据

哥伦比亚的倒影 / 木心著 —上海：上海三联书店，2020.5（2024.10 重印）
（木心全集）

ISBN 978-7-5426-6895-0

Ⅰ．①哥… Ⅱ．①木… Ⅲ．①散文集—中国—当代
Ⅳ．①I267

中国版本图书馆 CIP 数据核字 (2019) 第 272274 号

哥伦比亚的倒影
木心 著

责任编辑 / 殷亚平
特约编辑 / 曹凌志
装帧设计 / 陆智昌
制　　作 / 陈基胜　马志方
监　　制 / 姚　军
责任校对 / 张大伟

出版发行 / 上海三联书店
（200041）中国上海市静安区威海路755号30楼
邮　　箱 / sdxsanlian@sina.com
联系电话 / 编辑部：021-22895517
　　　　　发行部：021-22895559
印　　刷 / 山东韵杰文化科技有限公司

版　　次 / 2020 年 5 月第 1 版
印　　次 / 2024 年 10 月第 9 次印刷
开　　本 / 787mm×1092mm　1/32
字　　数 / 90千字
图　　片 / 2幅
印　　张 / 6.375
书　　号 / ISBN 978-7-5426-6895-0/I·1581
定　　价 / 56.00元

如发现印装质量问题，影响阅读，请与印刷厂联系：0533-8510898

1986

的皮靴，正合本集团势佛克郡。所仅是同一工场同一批手工业师傅的製品。我遗生惬为这两隻大皮靴是我的婆家的。

由伦敦到Sarmurdham镇东的是火车，来接的便是房东太太，一个耽于写作的女诗人。女诗人又居唐样，不过把其是的间部，为律。七镑，每天包饭早且是很低廉的了。若知是包括了 改现装间的氛围。同样玫瑰色的房间，妹色色，电视未必是里的，早饭英就是英式亨利唐寿之。如玩。这个地方叫Aldeburgn。

我已住及现好第个地方，同货海味的交汇点，便是很美的景色，至少是保州先生，方寿店主。空间小，但曲之高潮时嗓红。起出未时，才知地们喜欢搞恩左艸藏保全。

Helmingham 教老，只一個全用碎石砌生的镜塔，哥式式。

Cretingham 教老是(依到亚连引资物，教用的就恩席生，一间一间的小房——这样就好了吗。

Tollemache 家族的大厦建於十五世纪。加坡既半荒芜的。在去年误落於建筑师 Augus Mcbean 全部

《两个朔拿梯那》初稿

哥伦比亚的倒影

目 录

上 辑

- 3　九月初九
- 13　童年随之而去
- 23　竹秀
- 33　空房
- 39　论美貌
- 43　遗狂篇
- 59　同车人的啜泣
- 65　带根的流浪人
- 75　两个朔拿梯那
- 89　林肯中心的鼓声
- 95　哥伦比亚的倒影
- 117　明天不散步了

下　辑

129　上海赋

130　从前的从前

134　繁华巅峰期

143　弄堂风光

151　亭子间才情

155　吃出名堂来

171　只认衣衫不认人

190　后记

上辑

九月初九

中国的"人"和中国的"自然",从《诗经》起,历楚汉辞赋唐宋诗词,连绵表现着平等参透的关系,乐其乐亦宣泄于自然,忧其忧亦投诉于自然。在所谓"三百篇"中,几乎都要先称植物动物之名义,才能开诚咏言;说是有内在的联系,更多的是不相干地相干着。学士们只会用"比"、"兴"来囫囵解释,不问问何以中国人就这样不涉卉木虫鸟之类就启不了口作不成诗,楚辞又是统体苍翠馥郁,作者似乎是巢居穴处的,穿的也自愿不是纺织品。汉赋好大喜功,把金、木、水、火边旁的字罗列殆尽,再加上禽兽鳞介的谱系,仿佛是在对"自然"说:"知尔甚深。"到唐代,花溅泪鸟惊心,"人"和"自然"相看两不厌,举杯邀明月,非到蜡炬成灰不可,已岂是"拟人"、"移情"、"咏物"这些说法所能敷衍。宋词是唐诗的"兴尽悲来",对待"自然"的心态转入颓废,梳剔精致,吐属尖新,尽管吹气若兰,脉息终于微弱了,接下来大概有鉴于"人"与"自然"之间的绝妙好辞已被用竭,懊恼之余,便将花木禽兽幻作妖化了仙,烟魅粉灵,直接与人通款曲共枕席,恩怨悉如世情——中国的"自然"宠幸中国的"人",中国的"人"阿谀中国的"自然"?孰先孰后?孰主孰宾?从来就分不清说不明。

儒家既述亦作,述作的竟是一套"君王术";有所说时尽由自己说,说不了时一下子拂袖推诿给"自然",因此多的是峨冠博带的耿介懦夫。格致学派在名理知行上辛苦凑合理想主义和功利主义,纠缠瓜葛把"自然"架空在实用主义中去,收效却虚浮得自己也感到失望。释家凌驾于"自然"之上,"自然"只不过是佛的舞台,以及诸般道具,是故释家的观照"自然"远景终究有限,始于慈悲为本而止于无边的傲慢——粗粗比较,数道家最乖觉,能脱略,近乎"自然";中国古代艺术家每有道家气息,或一度是道家的追慕者、旁观者。道家大宗师则本来就是哀伤到了绝望、散逸到了玩世不恭的曝日野叟,使艺术家感到还可共一夕谈,一夕之后,走了。(也走不到哪里去,都只在悲观主义与快乐主义的峰回路转处,来来往往,讲究姿态,仍不免与道家作莫逆的顾盼)然而多谢艺术家终于没有成为哲学家,否则真是太萧条了。

"自然"对于"人"在理论上、观念上若有误解曲解,都毫不在乎。野果成全了果园,大河肥沃了大地,牛羊入栏,五粮丰登,然后群莺乱飞,而且幽阶一夜苔生——历史短促的国族,即使是由衷的欢哀,总嫌浮佻庸肤,毕竟没有经识过多少盛世凶年,多少钧天齐乐的庆典、薄海同悲的殇礼,尤其不是朝朝暮暮在无数细节上甘苦与共休戚相关,即使那里天有时地有利人也和合,而山川草木总嫌寡情乏灵,那里的人是人,自然是自然,彼此尚未涵融尚未钟毓……海外有春风、芳草,深宵的犬吠,秋的丹枫,随之绵衍到煎鱼的油香,邻家婴儿的夜啼,广式苏式月饼。大家都自言自语:不是这样,不是这样的。心里的感喟:那些都是错了似的。因为不能说"错了的春风,错了的芳草",所以只能说不尽然、不完全……异邦的春风旁若无人地吹,芳草漫不经心地绿,猎犬未知何故地吠,枫叶大事挥霍地红,煎鱼的油一片汪洋,邻家的婴啼似同隔世,月饼的馅儿是百科全书派……就是不符,不符心坎里的古华夏今中国的观念、概念、私心杂念……乡愁,去国之离忧,是这样悄然中来、氤氲不散。

中国的"自然"与中国的"人",合成一套无处不在的精神密码,欧美的智者也认同其中确有源远流长的奥秘;中国的"人"内充满"自然",这个观点已经被理论化了,好事家打从"烹饪术"上作出不少印证,有识之士则着眼于医道药理、文艺武功、易卜星相、五行堪舆……然而那套密码始终半解不解。因为,也许更有另一面:中国的"自然"内有"人"——谁莳的花服谁,那人卜居的丘壑有那人的风神,犹如衣裳具备袭者的性情,旧的空鞋都有脚……古老的国族,街头巷尾亭角桥堍,无不可见一闪一烁的人文剧情、名城宿迹,更是重重叠叠的往事尘梦,郁积得憋不过来了,幸亏总有春花秋月等闲度地在那里抚恤纾解,透一口气,透一口气,这已是历史的喘息。稍多一些智能的人,随时随地从此种一闪一烁重重叠叠的意象中,看到古老国族的辉煌而褴褛的整体,而且头尾分明。古老的国族因此多诗、多谣、多脏话、多轶事、多奇谈、多机警的诅咒、多伤心的俏皮绝句。茶、烟、酒的消耗量与日俱增……唯有那里的"自然"清明而殷勤,亘古如斯地眷顾着那里的"人"。大动乱的年代,颓壁断垣间桃花盛开,雨后的刑场上蒲公英星星点点,瓦砾堆边松菌竹笋依然……总有两三行人为之驻足,为之思量。而且,每次浩劫初歇,家家户户忙于栽花种草,休沐盘桓于绿水青山之间——可见当时的纷争都是荒诞的,而桃花、蒲公英、松菌、竹笋的主见是对的。

另外(难免有一些另外),中国人既温暾又酷烈,有不可思议的耐性,能与任何祸福作无尽之周旋。在心上,不在话下,十年如此,百年不过是十个十年,忽然已是千年了。苦闷逼使"人"有所象征,因而与"自然"作无止境的亲媟,乃至熟昵而狡黠作狎了。至少可先例两则谐趣:金鱼、菊花。自然中只有鲋、鲫,不知花了多少代人的宝贵而不值钱的光阴,培育出婀娜多姿的水中仙侣,化畸形病态为固定遗传,金鱼的品种叹为观止而源源不止。野菊是很单调的,也被嫁接、控制、盆栽而笼络,作纷繁的形色幻变。菊花展览会是菊的时装表演,尤其是想入非非的题名,巧妙得可耻——金鱼和菊花,是人的意志取代了自然的意志,是人对自然行使了催眠术。中庸而趋极的中国人的耐性和猾癖一至于此。亟待更新的事物却千年不易,不劳费心的行当干了一件又一桩,苦闷的象征从未制胜苦闷之由来,叫人看不下去地看下,看下去。"自然"在金鱼、菊花这类小节上任人摆布,在阡陌交错的大节上,如果用"白发三千丈"的作诗方法来对待庄稼,就注定以颗粒无收告终,否则就不成其为"自然"了。

从长历史的中国来到短历史的美国,各自心中怀有一部离骚经,"文化乡愁"版本不一,因人而异,老辈的是木版本，注释条目多得几乎超过正文，中年的是修订本，参考书一览表上洋文林林总总，新潮后生的是翻译本，且是译笔极差的节译本。更有些单单为家乡土产而相思成疾者，那是简略的看图识字的通俗本——这广义的文化乡愁，便是海外华裔人手一册的离骚经，性质上是"人"和"自然"的骈俪文。然而日本人之对樱花、俄罗斯人之对白桦、印度人之对菩提树、墨西哥人之对仙人掌，也像中国人之对梅、兰、竹、菊那样的发呆发狂吗——似乎并非如此，但愿亦复如此则彼此可以谈谈，虽然各谈各的自己。从前一直有人认为痴心者见悦于痴心者，以后会有人认知痴心者见悦于明哲者，明哲，是痴心已去的意思，这种失却是被褫夺的被割绝的，痴心与生俱来，明哲当然是后天的事。明哲仅仅是亮度较高的忧郁。

中国的瓜果、蔬菜、鱼虾……无不有品性，有韵味，有格调，无不非常之鲜，天赋的清鲜。鲜是味之神，营养之圣，似乎已入灵智范畴。而中国的山山水水花花草草之所以令人心醉神驰，说过了再重复一遍也不致聒耳,那是真在于自然的钟灵毓秀,这个俄而形上俄而形下的谛旨,姑妄作一点即兴漫喻。譬如说树,砍伐者近来,它就害怕,天时佳美,它枝枝叶叶舒畅愉悦,气候突然反常,它会感冒,也许正在发烧,而且咳嗽……凡是称颂它的人用手抚摩枝干,它也微笑,它喜欢优雅的音乐,它所尤其敬爱的那个人殁了,它就枯槁折倒。池水、井水、盆花、圃花、犬、马、鱼、鸟都会恋人,与人共幸蹇,或盈或涸,或茂或凋,或憔悴绝食以殉。当然不是每一花每一犬都会爱你,道理正如不是每个人都会爱你那样——如果说兹事体小,那么体大如崇岳、莽原、广川、密林、大江、巨泊,正因为在汗漫历史中与人曲折离奇地同褒贬共荣辱,故而瑞征、凶兆、祥云、戾气、兴绪、衰象,无不似隐实显,普遍感知。粉饰出来的太平,自然并不认同,深讳不露的歹毒,自然每作昭彰,就是这么一回事,就是这么两回事。中国每一期王朝的递嬗,都会发生莫名其妙的童谣,事后才知是自然借孩儿的歌喉作了预言。所以为先天下之忧而忧而乐了,为后天下之乐而乐而忧了;试想"先天下之忧而忧"大有人在,怎能不跫然心喜呢,就怕"后天下之乐而乐"一直后下去,诚不知后之览者将如何有感于斯文——这些,也都是中国的山川草木作育出来的,迂阔而挚烈的一介乡愿之情。没有离开中国时,未必不知道——离开了,一天天地久了,就更知道了。

童年随之而去

孩子的知识圈,应是该懂的懂,不该懂的不懂,这就形成了童年的幸福。我的儿时,那是该懂的不懂,不该懂的却懂了些,这就弄出许多至今也未必能解脱的困惑来。

不满十岁,我已知"寺"、"庙"、"院"、"殿"、"观"、"宫"、"庵"的分别。当我随着我母亲和一大串姑妈舅妈姨妈上摩安山去做佛事时,山脚下的"玄坛殿"我没说什么。半山的"三清观"也没说什么。将近山顶的"睡狮庵"我问了:

"就是这里啊？"

"是啰，我们到了！"挑担领路的脚伕说。

我问母亲：

"是叫尼姑做道场啊？"

母亲说：

"不噢，这里的当家和尚是个大法师，这一带八十二个大小寺庙都是他领的呢。"

我更诧异了：

"那，怎么住在庵里呢？睡狮庵！"

母亲也愣了，继而曼声说：

"大概，总是……搬过来的吧。"

庵门也平常，一入内，气象十分恢宏：头山门，二山门，大雄宝殿，斋堂，禅房，客舍，俨然一座尊荣古刹，我目不暇给，忘了"庵"字之谜。

我家素不佞佛，母亲是为了祭祖要焚"疏头"，才来山上做佛事。"疏头"者现在我能解释为大型经忏"水陆道场"的书面总结，或说幽冥之国通用的高额支票、赎罪券。阳间出钱，阴世受惠——众多和尚诵经叩礼，布置十分华丽，程序更是繁缛得如同一场连本大戏。

于是灯烛辉煌,香烟缭绕,梵音不辍,卜昼卜夜地进行下去,说是要七七四十九天才功德圆满。

当年的小孩子,是先感新鲜有趣,七天后就生烦厌,山已玩够,素斋吃得望而生畏,那关在庵后山洞里的疯僧也逗腻了。心里兀自抱怨:超度祖宗真不容易。

我天天吵着要回家,终于母亲说:

"也快了,到接'疏头'那日子,下一天就回家。"

那日子就在眼前。喜的是好回家吃荤、踢球、放风筝,忧的是驼背老和尚来关照,明天要跪在大殿里捧个木盘,手要洗得特别清爽,捧着,静等主持道场的法师念"疏头"——我发急:

"要跪多少辰光呢?"

"总要一支香烟工夫。"

"什么香烟?"

"唷,金鼠牌,美丽牌。"

还好,真怕是佛案上的供香,那是很长的。我忽然一笑,那传话的驼背老和尚一定是躲在房里抽金鼠牌美丽牌的。

接"疏头"的难关捱过了,似乎不到一支香烟工夫,进睡狮庵以来,我从不跪拜。所以捧着红木盘屈膝在袈裟经幡丛里,浑身发痒,心想,为了那些不认识的祖宗们,要我来受这个罪,真冤。然而我对站在右边的和尚的吟诵发生了兴趣。

"……唉吉江省立桐桑县清风乡二十唉四度,索度明王侍耐唉嗳啊唉押,唉嗳……"

我又暗笑了,原来那大大的黄纸折成的"疏头"上,竟写明地址呢,可是"二十四度"是什么?是有关送"疏头"的?还是有关收"疏头"的?真的有阴间?阴间也有纬度吗……因为胡思乱想,就不觉到了终局,人一站直,立刻舒畅,手捧装在大信封里盖有巨印的"疏头",奔回来向母亲交差。我得意地说:

"这疏头上还有地址,吉江省立桐桑县清风乡二十四度,是寄给阎罗王收的。"

没想到围着母亲的那群姑妈舅妈姨妈们大事调侃:

"哎哟!十岁的孩子已经听得懂和尚念经了,将来不得了啊!"

"举人老爷的得意门生嘛!"

"看来也要得道的,要做八十二家和尚庙里的总当家。"

母亲笑道:

"这点原也该懂,省县乡不懂也回不了家了。"

我又不想逞能,经她们一说,倒使我不服,除了省县乡,我还能分得清寺庙院殿观宫庵呢。

回家啰!

脚伕们挑的挑,掮的掮,我跟着一群穿红着绿珠光宝气的女眷们走出山门时,回望了一眼——睡狮庵,和尚住在尼姑庵里?庵是小的啊,怎么有这样大的庵呢?这些人都不问问。

家庭教师是前清中举的饱学鸿儒,我却是块乱点头的顽石,一味敷衍度日。背书,作对子,还混得过,私底下只想翻稗书。那时代,尤其是我家吧,"禁书"的范围之广,连唐诗宋词也不准上桌,说:"还早。"所以一本《历代名窑释》中的两句"雨过天青云开处,者般颜色做将来",我就觉得清新有味道,琅琅上口。某日对着案头一只青瓷水盂,不觉漏了嘴,老夫子竟听见了，训道："哪里来的歪诗，以后不可吟风弄月，丧志的呢！"一肚皮闷瞀的怨气，这个暗荵荵的书房就是下不完的雨，晴不了的天。我用中指蘸了水，在桌上写个"逃"，怎么个逃法呢，一点策略也没有。呆视着水渍干失，心里有一种酸麻麻的快感。

我怕作文章，出来的题是"大勇与小勇论"，"苏秦以连横说秦惠王而秦王不纳论"。现在我才知道那是和女人缠足一样，硬要把小孩的脑子缠成畸形而后已。我只好瞎凑，凑一阵，算算字数，再凑，有了一百字光景就心宽起来，凑到将近两百，"轻舟已过万重山"。等到卷子发回，朱笔圈改得"人面桃花相映红"，我又羞又恨，既而又幸灾乐祸，也好，老夫子自家出题自家做，我去其恶评誊录一遍，备着母亲查看——母亲阅毕，微笑道："也亏你胡诌得还通顺，就是欠警策。"我心中暗笑老夫子被母亲指为"胡诌"，没有警句。

满船的人兴奋地等待解缆起篙，我忽然想着了睡狮庵中的一只碗！

在家里，每个人的茶具饭具都是专备的，弄错了，那就不饮不食以待更正。到得山上，我还是认定了茶杯和饭碗，茶杯上画的是与我年龄相符的十二生肖之一，不喜欢。那饭碗却有来历——我不愿吃斋，老法师特意赠我一只名窑的小盂，青蓝得十分可爱，盛来的饭，似乎变得可口了。母亲说：

"毕竟老法师道行高，摸得着孙行者的脾气。"

我又诵起："雨过天青云开处，者般颜色做将来。"母亲说：

"对的，是越窑，这只叫盌，这只色泽特别好，也只有大当家和尚才拿得出这样的宝贝，小心摔破了。"

每次餐毕，我自去泉边洗净，藏好。临走的那晚，我用棉纸包了，放在枕边。不料清晨被催起后头昏昏地尽呆看众人忙碌，忘记将那碗放进箱笼里，索性忘了倒也是了，偏在这船要起篙的当儿，蓦地想起：

"碗！"

"什么？"母亲不知所云。

"那饭碗，越窑盌。"

"你放在哪里？"

"枕头边！"

母亲素知凡是我想着什么东西,就忘不掉了,要使忘掉,唯一的办法是那东西到了我手上。

"回去可以买,同样的!"

"买不到!不会一样的。"我似乎非常清楚那盌是有一无二。

"怎么办呢,再上去拿。"母亲的意思是:难道不开船,派人登山去庵中索取——不可能,不必想那碗了。

我走过正待抽落的跳板,登岸,坐在系缆的树桩上,低头凝视河水。

满船的人先是愕然相顾,继而一片吱吱喳喳,可也无人上岸来劝我拉我,都知道只有母亲才能使我离开树桩。母亲没有说什么,轻声吩咐一个船夫,那赤膊小伙子披上一件棉袄三脚两步飞过跳板,上山了。

杜鹃花,山里叫"映山红",是红的多,也有白的,开得正盛。摘一朵,吮吸,有蜜汁沁舌——我就这样动作着。

船里的吱吱喳喳渐息,各自找乐子,下棋、戏牌、嗑瓜子,有的开了和尚所赐的斋佛果盒,叫我回船去吃,我摇摇手。这河滩有的是好玩的东西,五色小石卵,黛绿的螺蛳，青灰而透明的小虾……心里懊悔，我不知道上山下山要花这么长的时间。

鹧鸪在远处一声声叫。夜里下过雨。

是那年轻的船夫的嗓音——来啰……来啰……可是不见人影。

他走的是另一条小径，两手空空地奔近来，我感到不祥——碗没了！找不到，或是打破了。

他憨笑着伸手入怀，从斜搭而系腰带的棉袄里，掏出那只盌，棉纸湿了破了，他脸上倒没有汗——我双手接过，谢了他。捧着，走过跳板……

一阵摇晃，渐闻橹声欸乃，碧波像大匹软缎，荡漾舒展，船头的水声，船梢摇橹者的断续语声，显得异样地宁适。我不愿进舱去，独自靠前舷而坐。夜间是下过大雨，还听到雷声。两岸山色苍翠，水里的倒影鲜活闪袅，迎面的风又暖又凉，母亲为什么不来。

河面渐宽，山也平下来了，我想把碗洗一洗。

人多船身吃水深，俯舷即就水面，用碗舀了河水顺手泼去，阳光照得水沫晶亮如珠……我站起来，可以泼得远些——脱手,碗飞掉了!

那碗在急旋中平平着水,像一片断梗的小荷叶,浮着,氽着,向船后渐远渐远……

望着望不见的东西——醒不过来了。

对母亲怎说……那船夫。

母亲出舱来,端着一碟印糕艾饺。

我告诉了她。

"有人会捞得的,就是沉了,将来有人会捞起来的。只要不碎就好——吃吧,不要想了,吃完了进舱来喝热茶……这种事以后多着呢。"

最后一句很轻很轻,什么意思?

现在回想起来,真是可怕的预言,我的一生中,确实多的是这种事,比越窑的盌,珍贵百倍千倍万倍的物和人,都已一一脱手而去,有的甚至是碎了的。

那时,那浮氽的盌,随之而去的是我的童年。

竹 秀

莫干山以多竹著名,挺修、茂密、青翠、蔽山成林,望而动衷。尤其是早晨,缭雾初散,无数高高的梢尖,首映日光而摇曳,便觉众鸟酬鸣为的是竹子,长风为竹子越岭而来,我亦为看竹子乃将双眼休眠了一夜。

莫干山的竹林,高接浮云,密得不能进去踱步。使我诧异的是竹林里极为干净,终年无人打扫,却像日日有人洁除;为什么,什么意思呢,神圣之感在我心中升起……继而淡然惋惜了——那山上的居民,山下来的商客,为的是吃笋,买卖笋干,箬叶可制鞋底,斫伐以筑屋搭棚，劈削而做种种篾器，当竹子值钱时，功能即奴性。生活，是安于人的奴性和物的奴性的交织。更有画竹，咏竹，用竹为担，为篙，为斗械，为刑具——都已必不可少，都已可笑，都已寂寞。

是我在寂寞。夏季八月来的，借词养病，求的是清闲，喜悦这以山为名的诸般景色。此等私念，对亲友也说不出口，便道：去莫干山疗养，心脏病。于是纷纷同情同意，我脱身了。

八月，九月，十月。读和写之余，漫步山间。莫干山是秋景最好，日夕尤佳。山民告余曰：太早太晏不要走动，有虎，有野猪，从后山来。我不甚信，也听从了劝告。某夜，果有虎叩门，当然未必是虎，也不算是叩门，它用脚爪嘶啦嘶啦地抓门，门是小书房一侧的后门，是扉，板扉，厚的，以一铜插销闩着。我恬然不惧而窃笑，断定它进不来。此君自然很不凡，谅必是闻到了生人气，知道我就在门内，但它不懂退后十步，奔而撞之。况且门外三步即竹林，它借不到冲力。西洋式的白漆硬质板扉，哪里就抓得破。然而在这嘶啦嘶啦声中，我就写不下去，只能站在门边恭听……没了,虎去矣,也不闻它离去的脚步声,虎行悄然无踪,这倒是可怕的。

那时,战后的莫干山尚未通电,入夜燃白礼氏矿烛一枝。老虎走了,我同样有失望的感觉。姑且埋头书写……不远的下坡,人声大作,鸣锣,放铳——他们发现它的侵犯了,足见刚才来的不折不扣是一匹猛虎。我似乎很荣幸。翌日晨,送薯粥来的姑娘说:下面那人家被虎咬死一只羊,来不及衔走……我也长久不咬羊的肉了。给钱叫姑娘代买一条后腿,价钱随便,如来得及,中午就开戒。

说说话就多了,莫干山半腰,近剑池有幢石头房子,是先父的别墅。战争年代谁来避暑?避暑和避难完全两回事。房子里有家具,托某姓山民看管,看管费以米计算,给的却是钱。我在他家三餐寄食,另付搭伙之资——刚到的一个星期左右,我随身带来的牛肉汁、花生酱,动也没有动。他家的菜肴真不错。山气清新,胃欲亢盛,粗粒子米粉加酱油蒸出来的猪肉,简直迷人。心想,此物与炒青菜、萝卜汤之类同食,堪爱吃一辈子。是故情绪稳定。要知饲料太薄苦太不如意,未免影响读书作文。吴尔芙夫人深明此理，说得也恳切，她说，几颗梅子，半片鹌鹑，脊椎骨根上的一缕火就是燃不起，燃不起就想不妙写不灵，她那时是吵着要写一篇论文。我在莫干山也写这些东西，三篇：《哈姆莱特泛论》、《伊卡洛斯诠释》、《奥菲司精义》。白昼一窗天光，入夜一枝烛。茶也不喝。我还未明咖啡之必要，纸烟、雪茄、醇酒之必要。写写写渴了，冲杯克宁奶粉。饮牛乳之前先吃点饼干这类常识也没有。音乐之必要是知道的，听听也就觉得还是不听好。以为丹狄的《山居者之歌》差不多，其实也未必，法国的山和人是这样的吗。倒是一星期左右过去后，不见粉蒸肉，十日也不见，早餐是那女孩拎了竹篮送来的，昼晚两顿我去她家共食。下雨，如下大雨，真对不起，姑娘披蓑衣、戴笠帽提饭菜来。我想过，但没有说"下大雨就不必吃饭了"；写作这回事很容易发生饥饿，不知别人如何。后来方始想到写作时岂非在快速耗去卡路里，怪不得老是怀念粉蒸肉，就是勿见上桌了。偶尔邂逅，肉少粉多，肉切得很薄，我不希望在这上面表现精致，至少是散文，他们在碗里做的是五言绝句。所以猛虎扑羊，鸣锣放铳及时赶走,才是天赐良缘——时近中午,兴冲冲快步穿林拾级,远里就闻到红烧羊肉的香味。他们一家四口,老伯大妈、姑娘小弟,气色晴朗,连我,五张脸似笑非笑。桌上已摆着烫热的家酿米酒,还有大碗葱花芋芳羹,还有青椒炒毛豆,浓郁郁的连皮肥羊肉,洒上翡翠蒜叶末子,整个儿金碧辉煌。中国可爱,还在于主张高温度饮食,此法更能激励味蕾的敏感,而餐桌上祥瑞之气氤氲,就此如梦似真,将味觉嗅觉视觉浑成轻度的晕眩,微微地应接不暇——每当此际,村人自嘲为"筷头像雨点,眼睛像豁闪"。如果人多,又全是饿透了的熟人,那么确有风狂雨骤之势。果腹之余,旁而观之:可爱极了……这顿五员会歼一羊腿,从概念上、范畴上讲,是属于小规模的风雨交加。我是笨,笨得一直认为姑娘全家四人都是性喜素食的。

是夜,又发现燃两枝白礼氏矿烛,更宜于写作。从此每夜双烛交辉,仿佛开了新纪元。深深感叹我以往凭一枝烛光从夏天写到秋末冬初,愚蠢使自己吃亏受苦。客厅里的旧式壁炉,调理不来,也许烟囱坏了,我怎么知道呢,向山民买来的并未干燥的松木,就是要熄火，即使烧着一会，也暖不进小书房来。其他上下六室，更冷。不是可以把书桌搬到客厅火炉边去吗，我一点也没有意识到这个可能性。书桌在书房里，就是在书房里。我只会披了棉被伏案疾书，诚不思桌子之迁徙。右手背起了冻疮，左手也跟着红一块紫一块——为了这三篇非博士论文。一个人上十次当，七次是自设的。

这幢石屋因山势而建，前两层，后面其实是一层。面空谷而傍竹林，小竹林。竹梢划着窗子，萧萧不歇，而且在飘雪了。一味的冷。并非坚持，是凌晨一时后停笔已成习惯。床就在书桌边，早登上也睡不着，三文已就其二，这《奥菲司精义》脱稿，大约是年底，不下山也不行了。我得入城谋职业，目前身边还有钱。老虎怎么不来。如果山上没有竹林，全放羊……也不行。还是现在这样好。这黝黑多折角的石屋，古老的楠木家具，似熄非熄的大壁炉，两枝白礼氏矿烛，一个披棉被的人，如果……如果什么，我是说非常适宜于随便来个鬼魂，谈谈。既然是鬼，必有一段往事，就是过去的世事，我们谈谈。我无邪念，彼无恶意，谈谈是可以的,任何一个朝代都可以谈谈——这种氛围再不出现鬼魂,使我绝望于鬼的存在。雪下大了。南国的下雪天不刮风。竹梢承雪而不动,村犬不吠。铜锣火铳不响;那是要到万不得已时才发作的。静极了,雪和虎爪一样着落无声。静极……静极……我也不发任何声息。就床,就床不过是把披在身上的棉被盖在身上。还是一味的冷。熄烛时,吹气这样响,只熄一枝。照片,在日记里,日记在锦盒中,锦盒在枕边——照片在日记里……名字叫"竹秀",奇怪叫"竹秀"。任何名字都一样。开始就知道这正是绝望的。这样的人,就因为这样……照片是托人转言,说我要离开杭州了,想有一张,结果很好,给了,背面有字,"竹秀敬赠"——在日记里说"想念你"也不恰当,想念什么。赞美亦无从赞美……后来,指后来这本日记中有两页:竹秀,竹秀,竹秀,竹秀,竹秀竹秀竹秀竹秀竹秀竹秀竹秀竹秀……以一页约三百竹秀计算,两页自然约六百竹秀。莫干山大雪,杭州总也下雪。夜十二时,竹秀睡着了……不知自己的两个字被写了几百次。两个字接连不停地写,必然愈写愈潦草,潦草草,就不像了,唯我知道这歪斜而连贯的就是"竹"、"秀"。

是睡着了的，戛然一声厉响，夜太静，才如此惊人。屋后的竹被积雪压折。此外没有什么。与"竹秀"无关，非吉兆凶兆。平时看到竹子、竹林，从不联想到人。竹与人就是因为太不一样……又是一枝断了，竹子已不细，可见雪真厚，还在纷纷不止，天明有伟大的雪景可赏。渐入矇眬，醒，折竹的厉声，也是睡梦不沉。没像游泳骑马归来的睡眠深酣，在学校时曾用双层床，我下层，上层的大个儿这天不来教室，午膳也没见，哪里去了？饭后回寝室小憩，床下有鼾声，撩开褥单，是他哪，摇醒，他咕噜道："怪不得天怎么不亮了。"也是冬季，他并没有连被子滚进去，竟不冷醒。我也差不多，一百几十斤的东西掉在床前，没听到——少年儿郎的贪睡是珍贵的，无咎的，因为后来求之不得。

第三篇论文写到最后一句，又像死了伴侣。半年死三个。狄更斯可是死得多。所幸我不从事小说。雪景赏过了，伟大，圣洁。冬季莫干山，也和温带的其他的山一样枯索荒凉，银雪盖在竹上，树上，屋顶上，巉岩上，石级上，就此温柔而繁华。下雪时，雪初霁时，无风，并不凛冽，比夏令还爽亮，雪光反映入室，天花板一片新白。不良的是融雪之日，融雪之夜，檐前滴滴答答，儿时作诗，称之为"晴天的雨声"。滴滴答答，极为丧气，像做错了事，懊悔不完了，屋角，石隙，凡背阳之处总有积雪，一直会待着，结成粗粗的冰粒，不白了，也不是透明。大雪后，总有此族灰色的日益肮脏的积雪。已经不是雪了——"笨雪"。

半年山居，初回城市的头一两天，屡兴"再上山去多好"的感喟。几乎事事得重新视听适应。我已经山化，要蜕变，市化，重做市民。

人害怕寂寞，害怕到无耻的程度。换言之，人的某些无耻的行径是由于害怕寂寞而作出来的。就文句而言，还是"人害怕寂寞，害怕到无耻的程度"这样比较清通。

我算是害怕寂寞的人吗，粉蒸肉，老虎，羊腿，竹秀……再住半年，可能也会无耻了。

在都市中，更寂寞。路灯杆子不会被雪压折，承不住多少雪，厚了，会自己掉落。

空 房

山势渐渐陡了,我已沁汗,上面有座教堂,去歇一会,是否该下山了。

战争初期,废弃的教堂还没有人念及。神龛、桌椅都早被人拆走,圣像犹存,灰尘满面,另有一种坚忍卓绝的表情。那架钢琴还可弹出半数嘶哑的声音,如果专为它的特性作一曲子,是很奇妙的。

有什么可看呢,今天为什么独自登山呢,冬天的山景真枯索,溪水干涸,竹林勉强维持绿意。

穿过竹林,换一条路下山。

峰回路转出现一个寺院,也许有僧人,可烹茶——因为讨厌城里人多,才独自登山,半天不见人,哪怕是一个和尚也可以谈谈哪。

门开着,院里的落叶和殿内的尘埃,告知我又是一个废墟。这里比教堂有意思,廊庑曲折,古木参天,残败中自成萧瑟之美。正殿后面有楼房,叫了几声,无人应,便登楼窥探——一排三间,两间没门,垩壁斑驳,空空如也。最后一间有板扉虚掩,我推而赶紧缩手——整片粉红扑面袭来,内里的墙壁是簇新的樱花色。感觉"有人",定睛搜看,才知也是空房,墙壁确是刷过未久,十分匀净,没有家具,满地的纸片,一堆堆柯达胶卷的空匣。我踩在纸片上,便觉着纸片的多了,像地毯,铺满了整个楼板。

一、粉红的墙壁,不是和尚的禅房。
二、一度借住于此的必是年轻人。也许是新婚夫妇。
三、是摄影家,或摄影爱好者。
四、是近期住于此,是不久前离开的。

这些判断，与战争、荒山这两个时空概念联系不起来，战争持续了八年，到这里来避难？有雅兴修饰墙壁，玩摄影？山上吃什么？无钱，住不下去，有钱，岂不怕遭劫？雷马克似的战地鸳鸯也不会选择这么一个骇人的古寺院。

我捡起纸片——是信。换一处捡几张，也是信。这么多的信？页数既乱，信的程序也乱，比后期荒诞派的小说还难琢磨。然而竟都是一男一女的通款，男的叫"良"，良哥，我的良，你的良。女的叫"梅"，梅妹，亲爱的梅，永远的梅。所言皆爱情，不断有波折，知识程度相当于文科大学生。

我苦恼了，发现自己坐在纸堆上被跳蚤咬得两腿奇痒难熬，那么多的跳蚤，更说明这里住过人。我被这些信弄得头昏脑胀，双颊火热——橙红的夕阳照在窗棂上，晚风劲吹枯枝，赶快下山才是道理。

检视了墙面屋角，没有血迹弹痕。窗和门也无损伤。所有的胶卷匣都无菲林。全是信纸，不见一只信封。是拍电影布置下的"外景"？也不对，信的内容有实质。我不能把这些信全都带走，便除下围巾扎了一大捆，又塞几只胶卷匣在袋里。急急下楼，绕寺院一周，没有任何异象。四望不见村落人家，荒凉中起了恐怖，就此像樵夫般背了一大捆信下山了。

连续几天读这些信，纷然无序中还是整出个梗概来：良与梅相爱已久，双方家庭都反对，良绝望了，屡言生不如死，梅劝他珍重，以前程事业为第一，她已是不久人世的人——其他都是浓烈而空洞的千恩万爱。奇怪的是两人的信尾都但具月日，不记年份，其中无一语涉及战祸动乱，似乎爱情与时间与战争是不相干的。毕竟不是文学作品，我看得烦腻起来。

又排列了一下：

一、假定两人曾住在这寺院中，那么离去时怎舍得剩下信件。

二、如若良一个人曾在这里，那么他寄给梅的信怎会与梅寄给他的信散乱在一起。

三、要是梅先死，死前将良给她的信悉数退回，那么良该万分珍惜这些遗物，何致如此狼藉而不顾。

四、如果良于梅死后殉了情，那么他必定事前处理好了这些东西。岂肯贻人话柄。

五、倘系日本式的双双坠崖、跳火山，那么他总归是先焚毁了书信再与世决绝的，这才彻底了却尘缘。

六、除非良是遭人谋害，财货被洗劫，只剩下无用之物，那么盗贼怎会展阅大量的情书，而且信封一个不存？

七、要说良是因政治事件被逮捕，那么这些信件是有侦查上的必要，自当席卷而去。

当时我年轻，逻辑推理不够用，定论是：我捡到这些纸片时，良和梅是不在世界上了。后来我几次搬家，这捆信就此失落。我也没有再登山复勘这个现场。报纸上没有一件谋杀盗窃案中有"良"和"梅"和那个寺院的情节牵涉。名字中有"良"或"梅"的男女遇见很多，都显然与此二人情况不符。

时间过去了数十年，我还记得那推开虚掩的板扉时的一惊，因为上山后满目荒凉枯索的冬日景象，废弃的教堂和寺院仿佛战后人类已经死灭，手推板扉忽来一片匀净的樱红色——人：生活……白的淡蓝的信纸、黄得耀眼的柯达匣子,春天一样亲切,像是见到了什么熟友。

还有那些跳蚤,它们咬过"良",也可能咬过"梅",有诗人曾描写一个男人和一个女人的血,以跳蚤的身体为黑色的殿堂,借此融合,结了婚,真是何等的精致悲惨——我的血也被混了进去,我是无辜的,不是良和梅的证婚人。

为了纪念自己的青年时代,追记以上事实。还是想不通这是怎么一回事——只是说明了数十年来我毫无长进。

论美貌

内 篇

美貌是一种表情。

别的表情等待反应,例如悲哀等待怜悯,威严等待慑服,滑稽等待嬉笑。唯美貌无为,无目的,使人没有特定的反应义务的挂念,就不由自主地被吸引,其实是被感动。

其实美貌这个表情的意思,就是爱。

这个意思既蕴藉又坦率地随时呈现出来。

拥有美貌的人并没有这个意思,而美貌是这个意思。

当美貌者摒拒别人的爱时,其美貌却仍是这个意思:爱——所以美貌者难于摒拒别人的爱。往往遭殃。

用美貌这个先验的基本表情,再变化为别的表情,特别容易奏效(所以演员总是以美貌者为上选。日常生活中,也是美貌者尽占优势),那变化出来的别的表情,既是含义清晰,又反而强化美貌。可见这个基本表情的功能之大、先验性之肯定。美貌者的各种后天的自为表情,何以如此容易感动人?因为起始已被先验的基本表情感动,继之是程度的急剧增深,或角度的顺利转变。

美貌的人睡着了,后天的表情全停止,而美貌是不睡的,美貌不需要休息;倒是由于撤除附加的表情,纯然只剩美貌这一种表情,就尤其感动人,故曰:睡美人。

人老去,美貌衰败,就是这种表情终于疲惫了。老人化妆、整容,是"强迫"坚持不疲惫,有时反显得疲惫不堪。老人睡着,见得更老,因为别的附加的表情率尔褪净,只剩下衰败的美貌这一种惨相,光荣销歇，美貌的废墟不及石头的废墟，罗马夕照供人凭吊，美貌的残局不忍卒睹。

外　篇

在脸上，接替美貌，再光荣一番，这样的可能有没有？有——智慧。

很难，真难，唯有极度高超的智慧，才足以取代美貌。也因此报偿了某些年轻时期不怎么样的哲学家科学家艺术家，老了，像样起来了，风格起来了，可以说好看起来了——到底是一件痛苦的事。

那些天才，当时都曾与上帝争吵，要美貌！上帝不给，为什么不给，不给就是不给（这是上帝的隐私，上帝有最大的隐私权——拆穿了也简单，美貌是给蠢人和懒人的），争得满头大汗力竭声嘶（所以天才往往秃顶，嗓子也不太好），只落得悻悻然拖了一袋天才下凡来。

"你再活下去，就好看不成了。"

拜伦辩道：

"那么天才还有没有用完哪?"

上帝啐之:

"是成全你呢,给人世留个亮丽的印象吧。还不快去洗澡,把希腊灰尘土耳其灰尘,统统冲掉!"

拜伦垂头而斜睨,上帝老得这样啰嗦,用词何其伧俗,"亮丽的"。其实上帝逗他,见他穿着指挥官的军服,包起彩色头巾,分外英爽!

他懒洋洋地在无花果树下泼水抹身。上帝化作一只金丝雀停在枝头,这也难怪,上帝近来很寂寞。

拜伦叹道:

"唉唉,地下天上,瘸子只要漂亮,还是值得偷看的!"

树上的金丝雀唧的一声飞走了。

遗狂篇

采采景云　照我明堂
樽中瑷瑍　堪息彷徨
理易昭灼　道且惚恍
惚兮恍兮　与子颉颃

有风东来　翼彼高冈
巧智交作　劳忧若狂
并介已矣　漆园茫茫
呼凤唤麟　同归大荒

那时，我在波斯。后宫日暮。

波斯王得意非凡地在我面前卖弄才情：

"朕之波斯，岂仅以华奢的锦毯驰名于世，更且以高贵的思想，华丽的语言，令天下谈及波斯无不归心低首，哦……思想是卷着的锦毯，语言是铺开的锦毯，先生以为然否？"

余曰：

"美哉斯言，陛下的话我在别处听到时下面还有两句：思想愈卷愈紧，语言愈铺愈大。"

静了一会。

"请先生猜猜我在想什么？"波斯王面呈悦色。

"陛下所思如此：那家伙还说是想出了这个警句马上奔来贡献的。"（那家伙是指日夜缠绕着我的某博士）

王掀髯扬眉：

"先生言中，此人休矣。"

我觉得要拯救那专事贡献警句的奴才也不难，乃曰：

"贵国的思想语言的锦毯，也应像羊毛丝麻的锦毯那样倾销到各国去；彼欺君者，可免一死，遣去作思想语言的锦毯商，以富溢荣耀波斯帝国。"

王曰：

"善！"

这件事算是过去了。然而接下来波斯王诡谲谦卑地一笑，我当然知道他的心意是什么。

于是，我离开了波斯。原来只是为了找峨默·伽亚谟谈谈，才兴此无妄之行。谈过了，各种酒也喝得差不多了——在我与伽亚谟的对饮中，压根儿没有波斯王的份，好像只涉及过所罗门和大卫的悲观主义。

后来，那博士即奴才者，果然成为国际著名大学者。后来，许多后来，那是现代了，现代的思想和语言，卷也卷不拢，铺又铺不开，不再是锦毯，倒是褴褛不堪的破毯，据说是非常时髦的，披在身上，招摇过市，不都是顶儿尖儿的天之骄子骄女么。

那时，我在希腊，伯律柯斯执政。

雅典最好的神庙、雕像，几乎全是这阵子造作起来的，说多也不算多，可是市民啧有烦言，终于认为国库大虚了——伯律柯斯不免郁闷。

我问道：

"你私人的钱财,够不够相抵这笔造价?"

他想了想,清楚回答:

"够,有余,至少相抵之后还可以畅意款待你。"

"那么,你就向民众宣布,雅典新有的建筑雕像,所费项目,概由伯律柯斯偿付,不过都要镌一行字:'此神庙(或雕像)为伯律柯斯斥资建造(或制作)。'"

他真的立即在大庭广众这样说开了——群情沸腾,其实是异口同声,意思是:

不行!不必了!雅典的光荣是全体雅典人的,国库为此而耗损,我们大家来补充,谢谢伯律柯斯的慷慨,我们雅典市民可也不是小气吝啬的哪!

这便是古希腊的雅典佬的脾气。

所以伯律柯斯后来激励士兵的演说,确是句句中肯,雅典人平时温文逸乐,一旦上战场,英锐不可抵挡,深厚的教养所集成的勇猛,远远胜过无知无情者的鲁莽。

花开花落,希腊完了,希腊的光荣被瓜分在各国的博物馆中,活生生地发呆——希腊从此是路人!

犹记那夜与伯律柯斯徒步而归,身后跟随着不少酒鬼,一个劲儿大着舌头唠叨,竟是辱骂诅咒了,我

们不声不响不徐不疾地走到邸府,伯律柯斯吩咐侍从道:

"打起灯笼,好生照他们回家,别让摔坏啊。"

据侍从回来告诉我说:"酒鬼们似乎忽然醒了,哭了,发誓以后不再骂人,不再酗酒了。"

当然,酒还是要酗的,人还是要骂的,现代的希腊人便是这些祖宗的后代——伯律柯斯没有后代。

希腊的没落,其他古国的没落,奇怪在于都就是不见振复了,但愿有哪个古国,创一例外,借以驳倒斯宾格勒的"文化形态学"论点。

说得正高兴,斯宾格勒挽着弟子福里德尔缓缓行来:

"好啊,今天天气好啊!"

霪雨霏霏,连月不开,我们的脾气暴躁极了,走吧,否则要打架了。

那时我在罗马,培德路尼阿斯府第。

唉,尼禄真不是东西!

我同意培德路尼阿斯的外甥的苦劝,及早逃亡吧,已经迟了,非走不可了。

"到哪里去呢?"他的俊目一贯含有清莹的倦意。

离开罗马,是没有地方足以安顿这位唯美唯到了顶巅的大师。

"与那些轿夫马弁为伍,不如死。"培德路尼阿斯的出世之心早已圆熟。

翌日大摆筵席,管弦悠扬,鲜卉如阵,美姬似织,以优雅丰盛而论,这番饮宴在罗马史上是空前的,皇家的豪举不过是暴殄天物滥事夸饰而已。

众宾客面前,各陈一套精美绝伦的餐具,人人目眩,心颤,唯恐失措。

酒过三巡,菜更十四,一道菜便是一行诗。

主人举杯:

"幸蒙光临,不胜感德,散席后,区区杯盏,请携回作个纪念——今天是我的亡期。"

谁都惊绝了,然而谁也不露惊绝之色。

培德路尼阿斯示意医士近来,切断腕上的脉管,浸在雕琢玲珑的水盆里。

罗马宰相谈笑自若,嘉宾应对如流,侍官穿梭斟酒,乐师俯仰竞奏。

精炼于"生"者必精炼于"死"。

谁都悲恸摧割,然而谁也没有泄漏摧割的悲恸。

又示意医士近去:

"我有点倦,想睡一忽儿,请将脉管扎住。"

音乐轻又轻,庭中喷泉,清晰可闻,大师成寐如仪,众宾客端坐无声息。

他醒来了,神气清爽,莞然一瞥。

随着仓皇的马蹄声而猝至的是暴君尼禄赐死宰相的密旨。

培德路尼阿斯闲闲笑道:

"他迟了一步——快去回复皇上,说,培德路尼阿斯最后的一句话:尼禄是世界上最蹩脚的诗人!"

尼禄中此一箭,活着也等于死了——因为他从来自信是世界上最伟大的诗人。

脉管又放开,盆中淡绛的液体徐徐转为深红。

灵魂远去,剩下白如云石的绝代韶美的胴体。

他的著作亦零落散佚。

他所遗赠的餐具在我手边。

有人嗤笑了:

"你竟像古罗马人那样一饮一啄?"

我说："都要像你那样生吞活剥才算现代派么。"

瞧这些现代的小尼禄。

那时我在华夏，魏晋递嬗，旅程汗漫。

所遇皆故人，风气是大家好"比"，一比，再比，比出了懔懔千古的自知之明与知人之明。

话说人际关系，唯一可爱的是"映照"，映照印证，以致日月光华，旦复旦兮，彪炳了一部华夏文化史。滔滔泛泛间，"魏晋风度"宁是最令人三唱九叹的了；所谓雄汉盛唐，不免臭脏之讥；六朝旧事，但寒烟衰草凝绿而已；韩愈李白，何足与竹林中人论气节。宋元以还，艺文人士大抵骨头都软了，软之又软，虽具须眉，个个柔若无骨，是故一部华夏文化史，唯魏晋高士列传至今掷地犹作金石声，投江不与水东流，固然多的是巧累于智俊伤其道的千古憾事，而世上每件值得频频回首的壮举，又有哪一件不是憾事。

初夏的大柳树下一片清阴，蝉鸣不辍，锻铁丁丁。

中散大夫是穷的贵族，世袭了几棵大柳树，激水以圜之，居然消暑佳处，向秀为佐鼓排，叔夜箕踞而锻，扬锤连连，我虽对锤如礼，此心怔忡，以为这枝龙头杖是为死神引路的——清早策骑赴此，相见便道："钟会真的要来了！"二十年来未尝见喜愠之色的嵇康竟皱起了眉头……子期亦来报此消息，斟酌大半天，还是顺从了嵇公的决策，演这场戏。心里都希望钟会不来——不来就好了。

然而来了，长长一队，马骄游龙，衣媲轻云，诸俊彦扈拥着正被大将军兄弟幸昵的钟会，果然尊荣倜傥，而神色又是那样安详恭谨。

锤声、蝉鸣、犬吠、风吹柳叶……不知过了什么时辰……

钟会及其宾从终于登鞍揽辔了，我没料到嵇康忽然止锤昂首，问道：

"何所闻而来？何所见而去？"

"闻所闻而来。见所见而去。"钟士季哪里就示弱了。

霎时寂然，蝉也噤了似的。

马头带转，蹄声嗒嗒，渐行渐远，他们故意走得那样的慢。

夕阳西下，柳阴东移，一种出奇的慵懒使我们兀坐在树根上真想躺倒，沉睡。

我不免咨嗟：

"钟士季如此遭遇，其何以堪！"

"不若是，我何以堪？"叔夜进而问道。

"子易我境，更有脱略乎？"

对曰：

"与公一辙耳！"

子期亦轩然而苦笑。

杀机便是这样步步逼上来。嵇康自导自演了这场戏，以前的伏笔已非一二，再加上那封与山巨源绝交书，接着又是吕安罹事，嵇康诣狱明之。钟会比嵇康更清楚地看到"杀机"成熟了，便在那个路人皆知其心的晋文王前，一番庭论，谗倒了"目送归鸿，手挥五弦"的大诗人，嵇康下狱，与华士、少正卯同罪。历史真的不过是一再重复，恶的重复。

当三千太学生奋起联名，请以为师，时论皆谓中散大夫容或得免于诛，我想，糟了，"波荡众生"，这就更坚了大将军必戮嵇康之心。

叔夜的自知之明和知人之明其实是足够的，是他的风骨,他的"最高原则",使他不能不走这条窄路,进这个窄门。与山涛的绝交书之所以写得如此辛辣汪洋,潜台词是:我终不免一死,说个痛快吧,也正是因此可以保全你。

山公本以度量胜,畴昔一面,契若金兰,嵇与山,何嫌何隙,不过是,明里设一迷障,骗过司马昭,暗里托一心事:小儿嵇绍,全仗山公了——这一着棋,唯巨源领会无误,大将军且不谈,就是嵇绍本人也是被乃父瞒住了的。

二十年后,果然,山公举康子绍为秘书丞,嵇绍似乎觉悟了,然而还不知究竟,临到要去谒谢山公时,他有点踟蹰,我口中鼓舞他,心里想的是:嵇康有子,清远雅正,而神明不如乃父,毕竟差得多了。

叔夜既殁,余心无所托,寥落晨昏,唯有期待于山涛了,痴痴二十岁,终于聆到了他对嵇绍说的一番话,其实是在对亡友表衷情:

"为君思之久矣,天地四时,犹有消息,而况人乎!"——说得太好了,一往深情……每忆此言,辄唤奈何。

至此，我也觉得可以回过头来，再表彰魏晋人士的好"比"。

我问庞士元："顾劭与足下孰愈？"

答曰："陶冶世俗，与时沉浮，吾不如顾；论王霸之余策，览倚仗之要害，吾似有一日之长。"

我问谢鲲："君自谓何如庾亮？"

答曰："宗庙之美，吾不如亮；一丘一壑，自谓过之。"

既知桓公与殷侯常有竞心，我问殷："卿何如桓？"

殷曰："我与我周旋久，宁作我。"

我又问刘真长："闻会稽王语奇进尔邪？"

刘曰："极进，然故是第二流中人。"

我再问："第一流复是谁？"

刘答："正在我辈耳。"

殷侯既废，桓公语我曰："少时与渊源共骑竹马，我弃去已辄取之，故当出我下。"

某日酒酣，王中郎忽问刘长沙："我何如苟子？"

刘答曰："卿才乃当不胜苟子，然会名处多。"

中郎顾我而指刘曰："痴！"

某夕在瓦官寺，商略西朝及江左人物，刘丹阳、王长史并在座,我问桓护军:"杜弘治何如卫虎?"

桓答曰:"弘治肤清,卫虎奕奕神令。"

王刘亦善其言。

只有一次,我落了空,那天在桓公座,问谢安石与王坦之优劣,桓公初言又止,笑曰:

"卿喜传人语,不能复语卿。"

而最畅快的一次是问孙兴公:"君何如许掾?"

孙曰:"高情远致,弟子服膺;一吟一咏,许将面北。"

大概是彼此多饮了几杯,我乘着酒兴,不停地问:

"刘真长何如?"

曰:"清蔚简令。"

"王仲祖何如?"

曰:"温润恬和。"

"桓温何如?"

曰:"高爽迈出。"

"谢仁祖何如?"

曰:"清易令达。"

"阮思旷何如?"

曰:"弘润通长。"

"袁羊何如？"

曰："洮洮清便。"

"殷洪远何如？"

曰："远有致思。"

回答得真是精彩缤纷，虽已说了自己与许掾的较量，我还问：

"卿与诸贤掩映，自谓何如？"

答曰："才能所经，悉不如诸贤；至于斟酌时宜，笼罩当世，亦多所不及；然以不才，时复托怀玄胜，远咏老庄，萧条高寄，不与时务萦怀，自谓此心无所与让也。"

我忍不住，继续问："卿谓我何如？乞道其详。"

孙曰："轩渠磐礴，憨娈无度，幸毋巧累，切忌俊伤，足下珍重，我醉，且去。"

于是抚掌相视大笑，梁尘摇落，空瓮应响，尽今夕之欢了。

如此一路云游访贤，时见荆门昼掩闲庭晏然，或逢高朋满座咏觞风流，每闻空谷长啸声振林木——真是个干戈四起群星灿烂不胜玄妙之至的时代。

温太真者，自亦不凡，世论列于第二流之首，当名辈共说人物第一将尽之间，我见温屏息定眸，惨然变色——足知这种竞"比"的风气之庄严淋漓，正是由于稍不相让，才愈激愈高，愈澄愈清。神智器识，蔚为奇观，后人笼统称之为"魏晋风度"，而"酒"和"药"，是否能怡情养性益智轻身，恐怕是次要的引证，或者是反面的解释了。

旅行结束，重回二十世纪末的美利坚合众国。

纽约曼哈顿五十七街与麦德逊大道的交界口，一幢黑石表面的摩天楼的低层，巨型的玻璃墙中，居然翠竹成林，绅士淑女，散憩其间。我燃起一根纸烟，凝视青篆袅袅上升，心中祭奠着嵇康，"兴高采烈"，本是评赞嵇康的独家形容词，他的"声无哀乐论"，他的"锻工雕塑"，是非常之现代性的，而我，不过是一介忘了五石散而但饮咖啡的古之遗狂而已，就算是也能装作旁若无人，独坐幽篁里，明月不来相照了。

若论参宰罗马，弼政希腊，训王波斯，则遥远而富且贵，于我更似浮云。

同车人的啜泣

秋天的早晨,小雨,郊区长途公共汽车站,乘客不多。

我上车,选个靠窗的座位——窗下不远处,一对男女撑着伞话别。

女:"上去吧,也谈不完的。"

男:"我妹妹总不见得十恶不赦,有时她倒是出于好心。"

女:"好心,她有好心?"用手掌在自己脖子上作刀锯状:"杀了我的头我也不相信。"

……

男:"肝火旺,妈的病是难好了的,就让让她吧。"

女:"谁没病,我也有病。娘女儿一条心,鬼花样百出。"

男:"……真怕回来……"

女:"你不回来,我也不在乎,她们倒像是我做了寡妇似的笑话我。"

男:"讲得这么难听?"

……

郊区和市区,一江之隔。郊区不少人在市区工作,周末回来度假,多半是喜气洋洋的。这对男女看来新婚不久,一星期的分离,也会使女的起早冒雨来送男的上车。凭几句对话,已可想见婆媳姑嫂之间的风波火势,男的无能息事宁人,尽管是新婚,尽管是小别重逢,烦恼多于快活——就是这样的家庭小悲剧,原因还在于婆媳姑嫂同吃同住,闹是闹不休,分又分不开。从二人苍白憔悴的脸色看,昨夜睡眠不足,男的回家,女的当然就要细诉一周来的遭遇,有丈夫在身边,嗓门自会扯高三分。那做婆婆、小姑的呢,也要趁儿子、哥哥在场，历数媳妇、嫂子的新鲜罪过，牵动既往的种种切切——为什么不分居呢，那是找不到别的住房，或是没有够付房租的钱。复杂的事态都有着简单的原因。

我似乎很满意于心里这一份悠闲和明达，毕竟阅人多矣，况且我自己是没有家庭的，比上帝还简单。

快到开车的时候，他二人深深相看一眼，男的跳上车，坐在我前排，女的将那把黑伞递进车窗，缩着脖子在雨中奔回去了。

那人把伞整好，挂定，呆了一阵，忽然扑在前座的椅背上啜泣起来……

同车有人啜泣，与我无涉。然而我听到了那番话别，看到了苍白憔悴的脸，妄自推理，想像了个大概，别的乘客不解此人为何伤心，我却是明明知道了的。

并非我生来富于同情，我一向自私，而且讲究人的形象，形象恶俗的弱者，受苦者，便很难引起我原已不多的恻隐之心。我每每自责鄙吝，不该以貌取人；但也常原谅自己，因为，凡是我认为恶俗的形象，往往已经是指着了此种人的本心了。

啜泣的男人不是恶俗一类的，衣履朴素，脸容清秀，须眉浓得恰到好处,中等身材,三十岁不到吧。看着他的瘦肩在深蓝的布衣下抽动,鼻息声声凄苦,还不时长叹、摇头……怎样才能抚及他的肩背,开始与他谈话,如何使母亲、妹妹、妻子,相安无事……会好起来,会好起来的。

先关上车窗,不是夏天了,他穿得单薄。

啜泣声渐渐平息,想与他谈话的念头随之消去。某些人躲起来哭,希望被人发现。某些人不让别人找到,才躲起来哭。这两种心态,有时也就是同一个人、在不同的情况下表现的。

提包里有书,可使我息止这些乏味的杂念。

是睡着了,此人虚弱,会着凉致病,脱件外衣盖在他肩背上……就怕扰醒了,不明白何以如此而嫌殷勤过分……坐视别人着凉致病……扰醒他又要啜泣,让他睡下去……这人,结婚到现在,休假日都是在家庭纠纷中耗去的……这是婚前没有想到的事……想到了的,还是结了婚……

岂非我在与他对话了。

看书。

……

将要到站,把书收起,正欲唤醒他,停车的一顿使他抬起头来——没有忘记拿伞。下车时我注视他的脸——刚才是睡着了的。

路面有了淡淡的阳光,走向渡江码头的一段,他在前面,步态是稍微有点摇摆的那种型。他挥动伞……挥成一个一个的圆圈,顺转,倒转……吹口哨,应和着伞的旋转而吹口哨,头也因之而有节奏地晃着晃着……

是他,蓝上衣,黑伞。

……

渡江的轮船上站满了人,我挤到船头,倚栏迎风——是我的谬见,常以为人是一个容器,盛着快乐,盛着悲哀。但人不是容器,人是导管,快乐流过,悲哀流过,导管只是导管。各种快乐悲哀流过流过,一直到死,导管才空了。疯子,就是导管的淤塞和破裂。

……

容易悲哀的人容易快乐,也就容易存活。管壁增厚的人,快乐也慢,悲哀也慢。淤塞的导管会破裂。

真正构成世界的是像蓝衣黑伞人那样的许许多多畅通无阻的导管。如果我也能在啜泣长叹之后把伞挥得如此轻松曼妙,那就好了。否则我总是自绝于这个由他们构成的世界之外——他们是渺小,我是连渺小也称不上。

带根的流浪人

> 有个捷克人,申请移民签证,官员问:
> "你打算到哪里去?"
> "哪儿都行。"
> 官员给了他一个地球仪:
> "自己挑吧!"
> 他看了看,慢慢转了转,对官员道:
> "你还有没有别的地球仪?"
>
> —— Milan Kundera

地形宛如展翅蝙蝠的捷克斯洛伐克，原来是东西黩武君主所觊觎的美妙走廊，走来走去就不走了，把走廊充作历史实验室，其味无穷地细细试验极权主义的大纲小节，一切显得天长地久。

位处中欧，东北界波兰，南邻罗马尼亚及奥匈二国，西北接壤德意志。地势高爽，大洋性大陆性气候兼而有之，虽无海口，易北、多瑙两河交通畅洋，农、林、矿、牧的丰饶，皮革和玻璃工业源富技精，俊杰迭出的人文传统，民情醇如醴风俗灿似花，啤酒泡沫潮涌……昆德拉头也不回地背离这五万五千平方英里的蝙蝠形故土——弃而不顾？唯其欲顾无术，毅然弃之，弃，才能顾，他算是弃而后顾吧，他。

放逐与流亡，想想只不过是一回事，再想想觉得是两回事。移民，又是另一回事。入了别的国籍再回出生国，更是但丁、伏尔泰始料未及的现世轮回——"流亡作家"的命运大致如此：浪迹之初，抖擞劲写，不久或稍久，与身俱来的"主见"、"印象"、"块垒"、"浩然之气"消耗殆尽，只落得不期然而然的"绝笔"。

有的还白发飘蓬地归了根。据说这是极权主义者心机奇深的一项策略，凡是无论如何驯制不了的异端，便索性让他脱根而去，必将枯死异邦，或萎瘪瘪地咳嗽着回来……但事不尽然，本世纪上叶固多前述的惨例，下叶，却不乏后例的雅范：天空海阔，志足神旺，旧阅历得到了新印证，主体客体间的明视距离伸缩自若，层次的深化导发向度的扩展。这是一种带根的流浪人。昆德拉带根流浪，在法国已近十年，与其说他认法国为祖国，不如说他对任何地理上的历史上的"国"都不具迂腐的情结。

昆德拉在法国不以为是异乡人，稚气盎然地认定捷克千载以来本是欧罗巴之一部分，这是自在的，那么捷克的现状岂非不自在了。所以他曾觉得在布拉格反而比在巴黎更有失根之感。此话总该由他说，说得兄弟们相视莫逆而笑。然后，他用捷克文写小说，最熟悉的事物用最熟练的文字来表现。流亡作家以中年去国者为佳，昆德拉的经验、想像全渊源于波希米亚、布拉格。

什么是"布拉格精神"?有直接的或间接的诠释吗?

《城堡》,《好兵帅克》,谅必就意味着这种精神。

说是对于现实的"特别感觉"(出奇的敏锐吧)。

说是持"普通人"的观点,站在下层,纵观历史(仰视的,倒过来的鸟瞰)。

说是"挑战性的纯朴"(如果作"纯朴的挑战性"呢,即原生的反弹力)。

又说所谓"布拉格精神"具有一种"善于刻画荒谬事物"的才华(那是多么可喜)。

又说还有一种"无限悲观的幽默"(那就真是可钦可爱之极了)

这些,谁说的?米兰·昆德拉,他几乎是在说自己。

算来一百多年了,左,右,左派,右派,左而右之,右而左之,左中右倾,右中左倾……

昆德拉说:"在极权主义里,没有左右之分的。"

这是一则不妙而绝妙的常识。

大家可以基于此则常识而作谠论,无奈S形的环绕依旧不知穷尽,昆德拉这样一句话,就显得如雷贯耳了。以"无限悲观的幽默"来对待，那是昆德拉私人的选择。所幸者"布拉格精神"非昆德拉之独具，亦非布拉格之特产，任何时代的任何地域，都有少数被逼成的强者，不得不以思索和批判来营构生活。当一代文学终于周纳为后世的历史信谳，迟是迟了，钟声不断，文学家免不了要担当文学以外的见证。如果灾难多得淹没了文学，那么文学便是"沉钟"。极权主义最大的伎俩，最叵测而可测的居心是：制造无人堪作见证的历史。上帝是坐观者，也从不亲自动手敲几下钟。文学家就此被逼而痛兼史学家，否则企待谁呢。

压迫，会使文艺更严肃更富活力——这个罗曼蒂克的论点，促成许多俊彦牺牲到没有什么再可牺牲为止，相等于梦中死去。昆德拉知道暗里传阅手稿的年代绝不会造成文化昌盛期。一九六六年坦克滚进布拉格，捷克文学全部查禁，聋、哑、盲，捷克只存在于地图上，地球仪上，一块蝙蝠型的斑迹。

政治教条的首功是：强定善恶，立即使两者绝对化，抹掉中间层次，无处不在的厉虐性构成了。这还只是一重奇妙，更有另一种奇妙紧接而来：人们在俯首听令时，甘于殉从最简明易行的令，宗教早就试验了这类庶民的心理取向。贯彻一种酷烈的意志，以采用几个字、两三句烙印鲜明的话最能生效，最富诱惑力。初受政治教条的控制时，哗嚣折腾中，来不及联想到人的极权乃是神的极权的变相和加剧，等到有所察觉，人的极权的机械器械系统性的完备程度，早已超出神的极权的模式之上了。怎么样。

昆德拉看到的历史实验室是中欧：一个帝国的覆灭——几许小国的再生——民主——法西斯——德军的强占杀戮——苏军霸据、持异见者遭放逐——理想社会的一线希望——希望的熄灭——极权主义的恐怖统治——昆德拉兄弟们的决然去国……对于人，在这样的历史遭遇中活过来，而正在活下去的人，昆德拉看得发怔。人可以如此孜孜矻矻苟且营生，文学，比"人"更精炼强韧的"文学"，却窒息而死。

昆德拉毕竟经历过来，他看清幼稚无知是青年的宿命特征，黑白分明的道德观加上罗曼蒂克的情绪爆炸力，正好被极权的恐怖统治者充分利用，一代青年老去,另一代青年上来……极权主义没有年龄,就这样,总归是没有年龄的东西支配有年龄的东西。

奥国的 Hermanu Broch 对昆德拉说了句悄悄话:"作家唯一的道德是知识。"听者一惊而笑,他想,然而怎样的文学作品才有存在的理由和价值?该是彰显人类的尚未昭露过的生命的那些篇章。"宣扬真理","呈示真理",昆德拉以为文学家的能事是"呈示"不是"宣扬"——他算是冷静了,再冷静下去,便见"真理"只供"呈示"无可"宣扬",唯有被呈示时是纯粹的、一经宣扬便变质的,才可能是真理。文学家在"宣扬真理"这番历时以千年计的繁浩剧情中几乎将文学汩没,而"呈示真理"则已经差不多全是重复重复,徒以呈示的手段为炫耀。所以,再冷静下去,悄悄话也将寂然无闻,不过这毕竟为时还早,文学家之间还有一惊而笑的机缘在。

要说"自然生活",就涉嫌"理想主义",尽管理想主义已含羞带愧退场了,剩下的挂念仍然是"怎样才能比较自然地生活",人类可怜到只求各留一份弹指欲破的隐私,有隐私,就算自然。

"隐私","自然生活",昆德拉乐谈的一而二、二而一的话题,"任何揭人隐私的行为都该受到鞭挞"。谁来鞭挞呢?"隐私"原本不成其为"权利",当它受到邻人般的警探和警探般的邻人昼夜作践时,"隐私"才反证为神圣。因此,一旦到了争隐私的时候,必是万难拥有隐私了。而专以摧残隐私为能事、乐事者,却看准被虐者的弱点,久而久之的作践,使人丧失私生活的界范,再久而久之就泯灭了私生活的意识。

"没有隐私,爱情和友谊将是不可能。"昆德拉在塞纳河畔说这话是有深意的,在坦克的履带下,三复斯言也等于梦呓,新的野蛮以极权、官僚、武力为特征,步步袭毁"自然生活",举凡"严酷",皆"轻率"出之,昆德拉认为"轻率,是莫大的罪过",到了"自然生活"被破坏得使人失去"私生活"的意识时,一切更其轻率得不觉其轻率,"无限悲观的幽默"也棘手于架构文学了——中古的"野蛮"在嗜杀"文明"后,会徐徐异化为"文明",近世的新"野蛮"具有克止异化的特殊功能。至此，信念转为：轮回即使状如中断，实未中止，运行"野蛮"与"文明"的消长的仅是轮回的诸律之一律，此一律始终受诸律的制约。

"轮回观念"怎会是由尼采启示的呢，这个古老观念经尼采重提时滤去了宗教幻想，便赤裸直接得使哲学家们大感困扰——它的无处不在的威胁性，逼使昆德拉作成其生涯，由此联想到尼采之为尼采，他在文学家身上发生的亲和力，往往大于对哲学家的影响。历历可指的是：凡在理念上追踪尼采的那些人，稍后都屡乏而离去，莫知所终，而因缘于品性气质，与尼采每有冥契者，个个完成了自己的风范。昆德拉是不孤独的。带根流浪人，精神世界的飘泊者，在航程中前前后后总有所遇合。一个地球仪也够了。

两个朔拿梯那 *

I

惨　鱼

有没有读了安徒生写的《海的女儿》而不动衷的人，我想是没有的。

而雕刻家埃里克森总也是一秉至诚，铸作了青铜的"美人鱼"，她的右手撑在岩石上，左手搭在腿上，

---

* 朔拿梯那，Sonatina，小奏鸣曲。

她有两条以致命的痛苦换得的腿,现在屈膝坐在海边,望着海——她并不漂亮,确是有一种特殊的淳朴真挚的感应——哥本哈根缺了她就不成其为世界名城。

她的意义已被复合得说不全了,热情、忠贞、智慧、懿德,她带给丹麦除了爱的道义、牺牲的荣耀,还增加了丹麦人的财富,川流不息的旅游者,到了北欧,谁不想见见她。东欧的美人鱼是尚武的、官方的,北欧的美人鱼始终文静,纯粹是民间的(虽然她出身是公主),她比任何一朝的丹麦国王都重要,在丹麦人的心灵上。

丹麦可爱的东西真不少,物理学派、童话、文学评论、饼干,就这些已够我欢欢喜喜。对不起,我在美国还是一直吃丹麦出品的饼干的。

一九八四年七月二十三日美联社哥本哈根电:

"昨日,美人鱼右臂被人锯走一截……"

"……二十年前,她被人锯走了头颅,迄今尚未破案。"

"锯手臂的暴徒是两个十八岁的青年……"

"两个暴徒承认是酒醉后的行为。"

警探说:"两个青年酒醒后,发现同伴中太多人知道此事,不可能逃得掉,才携着锯下来的手臂向警方自首。"(否则又不能破案了,丹麦警探吃什么的!)

可见两个丹麦小子在酒醒时很有推理力,是啊,喝多了自然就糊里糊涂了,那么为什么不把自己的手臂锯下来,至少可以相互把同伙的手臂锯下来玩玩。

上午十时收到美联社哥本哈根电,到夜间还是不想说话,不想看书,音乐,免了吧。

临寝,有点饿,喝牛奶时看见饼干匣上的"海的女儿"的画像,我连饼干也不忍吃——右臂,是撑在岩石上的。

但愿丹麦国没有废除死刑。

睡不着,以越洋电话询之于丹麦的老友,她说:

"嗯哼,那暴徒吗?已经交保释放了……"

该死的哥本哈根警察局!

我断言十九世纪是不会发生这种事情的,只有二十世纪才会如此。

该死的二十世纪。

圣　驴

巴西，驴子，教皇，三者发生了关系。

巴西男人达米奥四年来锲而不舍要将一头驴子送给教皇若望·保罗二世。

达米奥说：

"驴子是象征人道和贫困。"

一九八二年他到圣彼得广场，绝食，献驴，教廷坚拒该驴进入圣场，坚拒。

一九八四年汽车司机达米奥突然宣布竞选巴西总统，数度攀登六百八十尺高的电视塔和三百三十尺高的旗杆，发表演说：

绝非沽名钓誉，纯为民主作贡献，"是一股莫名其妙的力量，激励我为饥饿者和受压迫者站出来说话！"

印第安人领袖胡伦纳宣布支持他竞选。

看来巴西有希望。

选举达米奥没有用啊，该选举驴子。

"和散那！"

当耶稣骑驴进入耶路撒冷时，众人摇着棕榈叶和橄榄枝，呼喊：

"和散那！"

那时没有汽车，所以没有汽车司机达米奥。

耶稣再来人间，不必骑驴，改坐达米奥驾驶的汽车。

"和散那！"

一切要等耶稣来。

第二次来时，可不要像第一次来时那样软弱无能。

臭　虫

"菲律宾"，读起来很悦耳，想起来是个炎炎的慵美的梦幻之国——当我年少时，男子最风流的发型叫作菲律宾式，长长的，掠过耳边，打个大弯，翻贴在后脑，必须用发浆发蜡才弄得像样，因而时髦的大学生的枕头都是油腻不堪，凉冰冰的。

真的菲律宾根本不像"菲律宾式"发型那样纯情，那样光润舒齐——乱得很，吵闹得很，经济不景气得很，自顾不暇的政府煞有介事地反毒，成效是毒品价格飞涨，吸毒的人愈来愈多，日子真难过，日子总得过。

这时，臭虫应运而生，该说是应运而至，它们从韩国乘风破浪而抵马尼拉，然后大批大批繁殖，然后以每只七十比索的价钱卖出去。

如果，啊不是如果，是必须把这种臭虫生吞下肚，所得的结论是：与吸大麻或其他毒品的滋味差仿不多，甚至完全相等，简直有过之而无不及。

她，自己老是说是二十岁，当然是个资深妓女，对我说："我是咬的，我嚼烂一只臭虫，我的头胀得很大，很舒服，舒服极了——你快试试，何必骗你呢，不要你另外付钱。"

我本来就没有付她钱，更不必另外付钱。在妓女的眼里，每个男人都是嫖客，耶和华与撒旦概不例外，所以把我看错了。

菲律宾的政治可悲，菲律宾的妓女可悲，菲律宾人吞嚼臭虫可悲——岂非悲不完了，还看到一丛瘦黑的男人，聚在暗屋的角落，把千百只臭虫焙干，细细磨成粉，掺在啤酒里、咖啡里——干什么啊？他们笑孜孜地向我眐䁖眼睛，忽然大声说：

"喝啊,喝下去便知道,女人个个都不肯放掉你了！"

是春药,新古典主义的春药。

我再也不愿待在菲律宾写启迪民智的空头论文了,连想到少年时曾经留过"菲律宾式"发型这一点,我也感到恶心。

Ⅱ

枯　花

往希腊,一般是取道意大利或奥地利。如果从奥地利乘火车穿越南斯拉夫,离开希腊时坐船抵意大利,不是很聪明吗?

还算是有心提前一小时进入维也纳火车站的了,二十世纪末,四十小时的车程,够傻气盎然。希腊真迷人,但是我总得有个座位啊。

长途火车的车卡外挂出不同的终点站牌子,往雅典的只有两卡,说是某些车卡会在中途某站脱开来,接上另一列火车开到目的地——那也就是了。

去雅典的，早已满座，谁想得到有那么多的人情愿受苦四十小时，希腊有多大的魅力。

早在三十年前，一天上午，剑桥大学悄然沸腾起来，有十位希腊男女青年来游学，剑桥攻文学的来自各国的老学生，十个有九个是希腊癖，希腊狂，兴奋得要命，活活的希腊人来了……来是来了，围上去握手言欢，心里全不是滋味——希腊人，是纯种的希腊人，这样猥琐，伧俗，难看死了，大家一下子就坍倒，瘪掉，握手已极勉强，言欢更不由衷……散了，希腊癖希腊狂散了之后，又集拢来，愁眉苦脸，一同去找那位仅次于上帝的 H 教授诉苦：

"希腊人怎么会是这样的呢？"

H 教授几乎是不假思索地回答出来，使大家霍然而愈，他说：

"枯萎的花，比枯萎的叶子更难看。"

所以三十年之后，我是去看希腊的物，不是去看希腊的人。我呆立在车厢的走道上，大概又是愁眉苦脸，引得一位精通世务的陌生旅伴为我出主意：先到接邻的车中去坐坐，快要"脱卡"时，别忘了赶回此卡来——

别人是比我聪明。

翌晨，进入南斯拉夫，海关人员检查护照，我早已在伦敦办好南斯拉夫的入境手续，然而持有的是西欧火车证，东欧国家不能使用，需要补票啰——有两个欧洲！我是比别人笨。

贝尔格莱德站有一段较长的间歇，眼看比我聪明的乘客纷纷转到向雅典进发的车卡去，我才如梦乍醒——又没有座位了。

火车开动……简直是流亡，简直是在向希腊讨还相思债。窗外，一色的田野，谁不知道种植小麦、玉蜀黍、向日葵，半天尽是这些小麦玉蜀黍向日葵，不是使人厌倦，而是使人要哭了。就这一次，下次再也不必来。

天气酷热，每及大站，众乘客下去舒筋骨，樽呀壶呀集在那里受水，还洗脸洗头，洗别的。

晚上凉得发寒噤，深夜被检票人员吵醒，才知道自己在狭窄的通道边角睡着了。人来人往。

再翌晨，进入希腊境内。近雅典，有人来散送旅店的宣传单：一个床位每晚收希腊币百元稍多些，很便宜——我不大相信似的，总还有什么麻烦要发生。

第一眼望见那些石头古迹的感觉是,在碧海蓝空间,它们白得炫目——这是对的吗?

我就是受苦吃亏在老是要想到什么是应该的,什么是不应该的。

小　烛

来维罗那的第二天,凭吊朱丽叶之墓,那是在郊区了,月夜呢。

驱车入市,歌剧未开场,乐得徒步绕剧场一周。

谁说这是世界上最壮观的剧场?说得没错,一世纪时建造的巨型的椭圆的碗,此碗可容两万五千人,每人都清晰地听到意大利的翻来覆去使人着迷的歌剧。

九时开演,开演前有售节目单、零食、望远镜、雨衣、小蜡烛,也买一枝吧。

其他的照明全熄了,乐队那里是亮的,指挥一身白礼服,全场掌声雷动,二万五千枝小烛霎时都自己点着了。

我忽然感激起来,意大利人的善于一直浪漫下去,真正是必不可少的德行。

（听众从来是处在黑暗中的，密密麻麻地孤独着，听众从来是死骸似的——现在好了，好得多了）

一烛一人一灵魂。这时，差不多是这样。

歌剧的致命的精彩，使听众欲仙欲死欲死欲仙，如果世界上没有歌剧，那可怎么办呢。

谢不完的幕，谢不完了，谢幕比歌剧还精彩。

主角竟向听众席走过来，近了，近了，我，真想，真想把男主角女主角一口吞掉。

当没有办法时，我转念嚼烂节目单，那上面赫然有一行字：

Un Teatro uincd al Mondo

（世上独一无二的剧场）

那我也是啊，我是世上独一无二的听众。

老　箱

这古屋名叫 Coekield Hall, Yoxtord, 粗莽的树干，用来做成楼梯、梁柱，墙也是木墙。主人说：名贵就在于此——不说也知道，英国贵族还是免不了自道其优越。

这暗戹戹的古屋是荷兰式，当然很好，好在没人再有如此浓厚的雅兴认真起造了。Lady Caroline Blois，女士年轻得很，她认为中国人必然喜欢中国物，几乎是强迫地引诱地把我带进储藏室，指给我看的是两只大皮箱，皮很软，鬃足了枣红的漆。

分明是我外婆房里的大床北角的皮箱，怎会来英国苏佛克郡。即使是同一工场同一批手工业师傅的制品，我还是认为这两只大皮箱是我外婆家的。

由伦敦到 Sarmurdham 镇乘的是火车，来接的便是房东太太，一个独居的、耽于写作的女诗人，女诗人又怎么样，不过她真是娴静、多礼。七镑，每天七镑是算很低廉的了。并知是包括了玫瑰盛开的花园，同样玫瑰红的房间，床金色，电视幸亏是黑白，早餐无疑是英式，亨利蛋，火腿，等等。也罢。这个地方叫 Aldeburgh。

我已经发现好几个地方，如果是河流与海洋的交汇点，便有很美的景色，至少是绿草怒生，高齐肩头，其间小径曲曲，当海鸥嘎然飞出来时，才知它们喜欢栖息在草丛深处。

Helmingham教堂，有一个全用碎石砌成的钟楼，哥特式。

Cretingham教堂是维多利亚朝遗物。听众席是一间一间的小房——这样就好了吗？

Tollemache家族的大屋建于十五世纪，外墙取朱红与白，说去年请著名建筑师Angus Mcbean全部装修过（英国贵族岂非在欣欣向荣了），不知为什么我对那几道吊桥特别想得多，吊桥，十足代表中世纪，以为全部吊起，什么事都没了，永远中世纪了。那大屋主人也来这一套，强迫我引诱我进入他的起居室，墙上挂着中国画，画上无款无章，知道是宋朝画院的次品，与我何涉。

主人问：

"是神品吗？"他能用中国音说"神品"。

我似乎点了点头，似乎耸了耸肩。

然而那鬃足枣红漆的两只箱子使我受不了，那玫瑰色的房、金色的床，也受不了——决计离去。

房东太太女诗人惋惜道：

"何其匆匆，你要到哪里去呢？"

无词以答，只能欺骗她：

"我的外祖母病重。"

如果外祖母真的在生病，她是二百多岁了。就在我还未离开中国时，四十余年不去外婆家——一片瓦砾场，周围也有野草，听说后来营建了炼钢厂，后来，就没有听说什么了。

林肯中心的鼓声

冬天搬来曼哈顿,与林肯中心几乎接邻,听歌剧,看芭蕾,自是方便,却也难得去购票。

我的大甥在"哈佛"攻文学,问他的指导教授:美国文明究竟是什么文明?教授说:"山洞文明。"真正的智者都躲在高楼大厦的"山洞"里,外面是人欲横流的物质洪水——大甥认为这个见解绝妙,我亦以为然。

当我刚迁入此六十一街三十W. APT时,也颇有山顶洞人之感。看门大员力拒野兽,我便可无为而治。

储藏食品的橱柜特多,冰箱特大,我的备粮的本能使我一次出猎,大批带回,塞满橱柜冰箱,一个月是无论如何吃不完的,这岂非更像原始人的冬令蛰伏——是文明生活的返祖现象。想想觉得很有趣,再想想又觉得我自己不是智者,而且单身索居,这山洞委实寂静得可怕,几个星期不下楼不出门,偶然飘来一封信,也燃不起一堆火。山洞文明不好受。

可是真的上了街,中央公园大而无当,哈德逊河边满目陌生人,第五大道死硬的时装模特儿,路旁小摊上烤肉串的焦油味……都使我的双脚朝林肯中心的方向走——我还是回来的好。

我想,那哈佛大学的智慧的教授所说的山洞,宁是指大学、图书馆、博物馆、美术馆、画廊,特别是几个杰出的研究中心和制造中心,才是美国文明的山洞,犹如宇宙中引力强大的黑洞。我在"大都会"、"哥根汉"、"惠特尼"、"现代"等馆中徘徊时,才有"山洞"感,哥伦比亚大学的阅览室中的一片寂静,也是可爱的有为的寂静——无为的寂静总会滋生烦恼。

夏天来了,电力的冷风不自然,这只调节器的声音特别扰人，我已承认害怕寂静，当寂静被弄破时，又心乱如麻……不能用这只自鸣得意的空气调节器。只好开窗。

开窗，望见林肯中心露天剧场之一的贝壳形演奏台，每天下午晚上，各有一场演出。废了室内的自备音响，乐得享受那大贝壳中传来的精神的海鲜。节目是每天每晚更换的：铜管乐、摇滚乐、歌剧清唱、重奏，还有时髦得名称也来不及定妥又变了花样的什么音乐。我躺着听，边吃边喝听，不穿裤子听，比罗马贵族还惬意——夏季没过完，我已经非常之厌恶那大贝壳中发出来的声音了：不想"古典"的日子，偏偏是柔肠百转地惹人腻烦；不想"摩登"的夜晚，硬是以火爆的节奏乱撞我的耳膜。勿花钱买票，就这样受罚了。所以每当雷声起，电光闪，阵雨沛然而下，我开心，看你们还演奏不。

可惜不是天天都有大雷雨，只能时候一到，关紧窗子。如果还是隐隐传来，便开动我自己的"音响"与之抗衡，奇怪的是但凡抱着这样的心态的当儿，就也听不进自选的音乐，可见行事必得出自真心，做作是不会快乐的。

某夜晚,灯下写信,已就两页,意未尽;那大贝壳里的频率又发作了,侧首看看窗外的天,不可能下雨,窗是关紧的,别无良策,管自己继续写吧……乐器不多,鼓、圆号、低音提琴,不三不四的配器……管自己写吧……

写不下去了——鼓声,单是鼓声,由徐而疾,疾更疾,忽沉忽昂,渐渐消失,突然又起翻腾,恣肆癫狂,破石惊天,戛然而止。再从极慢极慢的节奏开始,一程一程,稳稳地进展……终于加快……又回复严峻的持续,不徐不疾,永远这样敲下去,永远这样敲下去了,不求加快,不求减慢,不求升强降弱,唯一的节奏,唯一的音量……似乎其中有微茫的变化,这是偶然,微茫的偶然的变化太难辨识,太难辨识的偶然的微茫的变化使听觉出奇地敏感,出奇的敏感的绝望者才能觉着鼓声在变化,似乎有所加快,有所升强……是加快升强了,渐快,更快,越来越快,越来越快越来越快……快到不像是人力击鼓,但机械的鼓声绝不会有这"人"味,是人在击鼓,是个非凡的人,否定了旋律、调性、音色、各种记谱符号，这鼓声引醒的不是一向由管乐弦乐声乐所引醒的因素，那么，人，除了历来习惯于被管乐弦乐声乐所引醒的因素之外，还确有非管乐弦乐声乐能引醒的因素存在，一直沉睡着，淤积着，荒芜着，这些因素已是非常古老原始的，在人类尚无管乐弦乐声乐伴随时，曾习惯于打击乐器，漫长的遗弃废置，使这些由今晚的鼓声来引醒的因素显得陌生新鲜。古老的蛮荒比现代的文明更近于宇宙之本质，那么，我们，已离宇宙之本质如此地远漠了，这非音乐的鼓声倒使我回近宇宙，这鼓声等于无声，等于只剩下鼓手一个人，这人必定是遒强美貌的，粗犷与秀丽浑然一体的无年龄的人——真奇怪，单单鼓声就可以这样顺遂地把一切欲望击退，把一切观念敲碎，不容旁骛，不可方物，只好随着它投身于基本粒子的分裂飞扬中……

我扑向窗口，猛开窗子，手里的笔掉下楼去，恨我开窗太迟，鼓声已经在圆号和低音提琴的抚慰中作激战后的娇憨的喘息，低音提琴为英雄拭汗，圆号捧上了桂冠，鼓声也就息去——我心里发急，鼓掌呀！

为什么不鼓掌,涌上去,把鼓手抬起来,抛向空中,摔死也活该,谁叫他击得这样好啊!

是我激动过分,听众是在剧烈鼓掌,呐喊……我望不见那鼓手,大贝壳的下一半被树木挡住,只听得他在扬声致谢,我凭他的嗓音来设想他的面容和身材,希望听众的狂热能使他心软,再来一次……掌声不停……但鼓声不起,他一再致谢,终于道晚安了,明亮的大贝壳也转为暗蓝,人影幢幢,无疑是散场。

我懊丧地伏在窗口,开窗太迟,没有全部听清楚,还能到什么地方去听他击鼓,冒着大雨我也步行而去的。

我不能荏弱得像个被遗弃的人。

又不是从来没有听见过鼓声,我是向来注意各种鼓手的,非洲的,印度的,中国的……然而这个鼓手怎么啦,单凭一只鼓发出的声音就使人迷乱得如此可怜,至多我承认他是个幸福的人,我分不到他的幸福。

那鼓手不外乎去洗澡,更衣,进食,睡觉了。

在演奏家的眼里,听众是极其渺小的,他倒是在乎、倒是重视那些不到场、不愿听的人们。

哥伦比亚的倒影

春日午后，睡着了又醒来了，想起可以喝咖啡，喝罢咖啡，想起早上只刷了牙，没有洗澡，洗完澡对镜，髭须又该刮了，都说胡子在美国比在中国长得快，我也就是因为这样才问别人的——髭须之美妙在于想留则留，不想留则随手除去，除去之后又有懊意，过几天，鬖鬖颇有，髭须是这样，其他的，就不是如此容易取舍了，例如我自己上街买水果，水果铺子是我的药房，徘徊一阵，空手出来，立在百老汇大街上不知何往，我的寓所是介乎水果铺子与哥伦比亚大学之间，如果面对哈德逊河,右向的一箭之遥,便是哥伦比亚大学,正门站着两尊石像,裂了,修补好了,始建哥伦比亚大学之际,美国文化的模式还面目不清,才立起这么两个似希腊非希腊的一男一女(不是麦可和珍妮),到了无可奈何时才产生象征,人们却以为象征是裕然卓然的事,每次看见这对石像心里便空泛寂寞起来,也不仅是这里美洲,其他四洲遍地都有我愿意同情而同情不了的人人事事物物,有说除了不是诗的,其他都是诗,那么除了非艺术的其他都是艺术,除了反文化的其他……吁,眼看散居在各国的耽于沉思精于美食的朋友们,个个怨怼自身所隶属的世纪,是否我们在糟粕的浊浪滔滔而去之后,啜饮着几经历史蒸馏的酒,而将来也有人叹言,"还是二十世纪有味",这个论点是不妙的,不景气的,看我能不能驳倒它,我需要找一本书,每次来哥伦比亚大学都是想找一本书,什么名称,谁著作的(如果见到了,就知道了),怡静的长岸似的书案,一盏盏忠诚的灯,四壁屹立着御林军般整肃的书架,下行的阶口凭栏俯眺,书这窀穸,知识的幽谷,学术的地层宫殿,我又讪然满足于图书馆的景色，而不欲取览任何一本单独的书了（想抽烟），已经形成了自我放牧的习惯，这里多的是草坪，中心主楼的圆柱，破风，又是奥林匹斯神庙之摹拟，高高的台阶，中层间一平面，坐着全身披挂的女神，智慧女神即收获女神之流吧（美国的雅典移民真不少），雕像的座子下刚开过音乐会，椅子，几件不怕曝晒的乐器，歪斜着（晚上还有一场），纸片，食品袋，饮料的空罐，疏落有致地散在层层石级上，风能吹得动的，便飘起，滚转，停一停，又飘，又滚……哥伦比亚大学似乎很疲倦，这是不足为凭的戋戋表象，它的内核总还在兴奋腾旋，一幢幢大楼都是精神的蜂房，地下还有好几层建筑，四通而八达，如此则上上下下，分析、计算、推测、想像，不舍昼夜，精神的蜂房，思维的磨坊，理论和实验的巫厨（从中世纪步行来的人只会这样说），近几年，哥伦比亚大学平平而过，草坪上的年轻人比石阶上的更多，男的近乎全裸，女的已是半裎，大意是享受初夏之日光，三五成群，轻轻谈论，时而婉然卧倒，就此不再起来似的，而穿衣裙的也很年轻的母亲推着小篷车，有方向地缓缓经过草地，我以为樱花正是好时候，杜鹃花紫藤花都开得烂漫，大风忽起，粉红的散瓣飞舞成阵，那么樱花是谢了，前几天我在做什么……"Excuse me"，有人请我让路，运送学位礼服的手推车，一袭袭挂在与人体等高的衣架上，薄，滑亮，人造纤维（不该有的绉褶并未烫平），飘飘荡荡，黑的蓝的黄的白的学士硕士博士，人生如梦人生似戏是从前的感叹，现在是以羊毛蚕丝苎麻棉花为织物的礼服也不耐烦制作了，太不如梦，远不似戏……我已步近两个金发的孌童，真的，还是这样好，对蹲在路边，地上多的是樱花瓣，捧起来相互洒在头上（鬈鬈柔媚），不笑，不说话，洒了又捧，又洒，我知道我是不敢蹲下去说"洒在我的头上好吗"，那花瓣是凉凉的，痒痒的，脸上，颈上（他们停了，我就走）……他们是不会停的，我将酸涩的眸子转向大草坪中央的直路，直路西侧摆开长约五米的货摊（怎么回事），学生们多余的嫌弃的东西希望出售，在往昔漫游各地的年月中，每逢旧货摊总有一番流连，人的伤感情调无不可厌，物的伤感情调却普遍可爱，旧货摊多半设在露天，布篷帐，好像时时有风吹着，摊主一声不响，模糊似剪影，罗列的是以小件为主，分类无法严明，能悬挂的都高高低低地吊起来，风吹着，轻轻碰触，所有物件无论如何都是色泽黯淡的，各有一副认命不认输的表情，仿佛说，"买不买是你的事，我总在这儿"，哥伦比亚大学中央草坪上之出现旧货摊，就不无海市蜃楼之感，细看那些物件的标价，更令人觉得学生们在闹着玩，一双高统男式黑皮靴——九角，等于一枚地下车的Token，或一只Hot dog，这是个幽默的价格，皮质原是上好的（现在还没发脆），多眼的缱带的圆头平跟的再也时髦不起来的靴子啊，毋须试穿就知其正合我的胫和脚，这是二次大战前的款式（还要早），是林肯先生做律师时的遗物，买了这双靴，就得寻觅与之相配的衣裤……只好轻轻放下，似乎是告别一场南北战争（靴底的泥迹是那时候沾的），我走了，走了几步，不免转首回望，靴子抖动了一下，彳亍彳亍走过来倚在我脚边，多眼的缱带的，高统圆头平跟，这还不是十九世纪产品，宁是富兰克林正待以印刷新闻事业起家之际所流行的靴子，如果买回去，放在书架顶层，其下是富兰克林的自传，无疑情趣盎然，当富兰克林说"我决不反对把从前的生活从头再过一遍"时，我惊觉自己难于说得如此爽朗（往事之中大有不堪回首者），然而富兰克林老板十分精明，他之所以想要从头再过一遍生活，说是为了借以改正谬误，还要把几件艰险的事故变得差强人意些，他忽而又补充道，"即使不给我逢凶化吉的特权，我还是愿意接受这个机会，再过一遍同样的生活"——我也愿意了，也愿意追尝那连同整船痛苦的半茶匙快乐……靴子呢，靴子已经走回去缩在许多拖鞋、运动鞋中间，高统子耷倒了（九角钱也没人买），但是，亲爱的，我买了回去，不穿，不陈列，岂非成了一种出于怜悯的收容，任何故意的慈善行为都是我所未曾有的，别了，富兰克林的靴子，富兰克林就有这点悟性，把生活再过一遍的念头人人有，人人不说，他说了，大家高兴得就像真有机会把生活再过一遍地那样高兴……那个法国来的移民坐在石块上似乎并不高兴，罗丹认为这汉子在思想，雄健的中年人全身肌肉大紧张，脚趾牢牢扒住底座，谁在思想的当儿是这样的呢，脑的活动，血液集中于头部，全身肌肉倒是松弛下来，深度的沉思冥想，使人的四肢、面部,停止表情,纯然是灵智的运转,怎么有这些筋骨皮肉的戏剧性出现呢,这个雕像安置在阳光直射的草地上又是一重错误,太阳是嫉妒思想的(思想也反过来厌憎太阳),阴霾的冬天,法国北海岸的荒村,纪德在寒风中等了一个下午,直到深夜,化用假名的王尔德终于酩酊归舍,醉眼迷离中认出了安德列,奥斯卡大为动衷,说,"亲爱的,你知道,思想产生在阴影里……"——"什么",那雄健的男子打断了王尔德的话,他下了座子,伸懒腰,两臂举得高高地划了个弧形,"您说什么",我反问,"您在想什么",他笑,不失为粗犷的妩媚,忽而呵欠散了笑容,他,"有什么可想的",我,"知道这里是什么地方吗",他,"谁知道呢,草地,房子,都是这样的",我抚及他的肩背,"体温真高",他,"冬天你来摸摸我看呢",我,"好的,冬天再见"(那男子是高卢族的,入了美国籍,自己也不知道),冬天再见,法国北海岸荒村旅舍,夜深了,王尔德对年轻的朋友说,"亲爱的,你知道,思想产生在阴影里,太阳是嫉妒思想的,古代,思想在希腊,太阳便征服了希腊,现在思想在俄罗斯,太阳就将征服俄罗斯",说这话的人死于一九〇〇年，他的那个"现在"距离我们已近一百年，俄罗斯的演变正如醉先知的预言，不愧称艺术家者都不愧称先知（艺术活动原本是先知行为），把这番话记录成文的人后来亲自去俄罗斯以身试太阳，目睹太阳是怎样嫉妒思想而消灭思想的，这，不过是一则尽人皆知尽人皆叹的例子，泛举开来，半个地球成了思想的废墟焦土，古道热肠的英国先知饮恨而逝之后的第十八年，德国的铁血先知斯宾格勒写了一本尖酸刻薄精当出色的书，《西方之衰落》，噫，西方之衰落早在博马舍的嬉笑怒骂中已露不祥之兆，沉者沉浮者浮，沉者浮，浮者沉，悠悠忽忽到今天，那曾经是西方文化发源圣地的爱琴海岛国，又成了现代悲剧现代喜剧的典范——希腊教育部任命一位神学家当某大学的哲学教授，该校校长为了抗议愤而辞职，此举造成了希腊学术界的震撼，而柏拉图讲学的橄榄林已变成破旧的公园，最近可能辟为篮球场，希腊目前每年有五十多个哲学系毕业生，这些学生几乎都坦然承认他们没有读过柏拉图、亚里士多德的原典，希腊教育主管机关和社会的整个儿趋向都认为要关心的是教育工具的充实，包括椅子桌子的添置修理等问题（希腊真不愧为"人类的永久教师"），这样，就这样，东半球这样，西半球这样，热肠的先知和冷血的先知的预言说得没有别人插嘴的余地，然而旅游事业的各大公司所发的广告，无不盛称世界各国风光旖旎，名胜古迹灿烂辉煌，交通迅速，食品丰美，这些话都不是假的，游客越来越多，罗马车站可谓大矣，人潮汹涌，我将惨遭灭顶了，在千万只背包提箱的狂澜中奋力窜及"问询处"，排了半天队，所得者市内地图一份，问旅舍之所在，回答，明天吧，今天全部客满了，"My God"，久闻罗马治安极差的大名，车站之夜，不胜恐怖，我只好花钱去把自己扔在酒店里——西半球最热门的旅游国的遭遇如此，东半球的奇迹允推幽燕之地的万里长城，要领略莽莽苍苍的雄姿霸气，除非是凌晨拂晓众人皆睡之一刻，白天则密密麻麻爬满了五颜六色的人，人是奇迹？城是奇迹？概念就此混沌，没有吃的喝的，有也等于没有，因为不堪入口，没有方便之处，有也还是没有的好，因为那里尿粪泛滥恶臭冲天，而作为长城之要素的硕大秦砖，不断被人拆去充作垒屋起灶之良材，报上呼吁了，无奈拆砖的人是三代不看报的——以人类的智商的平均数来衡量，无论何国何族，大可不必紊乱亵渎成这样的局势局面，诚如诀别死者之后沉沉奄奄了几个月终于生机渐萌饮食知味的人，或如经医师同意并且祝贺缓缓步出病院满目花叶茜明的人，这样的人在这样的时候，对他或她说，"为了使世界从残暴污秽荒漠转为合理清净兴隆，请您献出您的一茎头发"，我以为谁都愿意作此牺牲的，然而不可发问，如果有谁发问，"一茎头发能拯救一个世界吗"，完了，五十亿茎不同色泽不同粗细长短曲直的头发顿时全部失效——这是（很早就是），一个高难度的讲题，曾有人几次尝试发凡，单凭马太马可路加约翰的粗疏述说是无能阐明信念之不可言喻性的，何况耶稣是中途遭害，作为第一流大先知，他算是夭折，他还未及成熟，却是已经知悉"见而信"这种意念是功利主义的，这样的奉献是为了报酬，二十世纪便是一手刚作奉献另一手即取报酬的侄傯百年……那么，"不见而信"呢，耶稣再三感叹没有人能懂得这个连他自己也拙于言词困于表达的谛旨，他死之后，千年以还的琐知碎识使人不自由自主地便佞狡黠起来,"见而信"也只着眼于急急乎功近近于利的物物交换,"不见而信",那是,一,从前是持乌托邦论为有心人,现在是有心人必斥乌托邦,二,可曾记得审问耶稣的那一句"真理是什么",彼拉多一直问(他不需要得到答案),就这样不停不停地一直问到二十世纪暮色苍茫,还在问——啊,就这样,所谓"见而信"是没有用的,"不见而信"是做不到的尴尬状况始终僵持着……我木立在讲坛上不知下一个动作该如何,薄明的大厅阒无人影,及地的长窗外是海蓝的天,大厅的底壁上安装着威尼斯出品的椭圆巨镜,黑的讲坛竟是对镜而设,我站着,只见上半身,从巨镜中面临整个寥廓的大厅,只能说,我将开始练习讲演,德摩斯梯尼认为演说家最重要的才能是表情,表情(怎么回事呢),善于知人心意的培根解释道,"人的天性是愚昧多于智慧,而做作的表情则常能打动听者的心"(原来是这样),赫胥黎向我举起一个手指,"要知道如何对待您的听众吗,我可以把别人传授给我的秘诀告诉您,记住,'他们一无所知'",我辨味了片刻(然而凌驾人慑服人是最乏味的),德摩斯梯尼取了一把小石子来,也说,"把这些放放放进嘴里,到到到海浪喧闹的地地地方去大大大大声练习",我忍住了笑,把小石子还给他,"不用小石子也可以,我我我另有办法",说这话的是西塞罗,是我曾经钦佩的,他的口吃不很严重,"不要去去海滨,美国的加拿大的瀑布正正正可利用,你对着瀑布大大大声讲,比在哥伦比亚的空厅里练习要容易收收收效得多",这些年了,西塞罗还是只有这个使他自己成名的老法子——与诸大演说家周旋,才明白我原先的设想全错了(或者全对了):一,我做讲演的地方必是静的,远处的瀑布海浪隐隐可闻,二,我的听众,各有所知,我讲到中途,停止,便可请任何一位听者上坛来持续下去,三,因此,听众都误以为讲稿是他给的,我在代他付出声调,姿势,乃至面部表情,四,或者,早曾听过,已全忘却,我讲一句,他记起一句,卒至讲完,他全部忆复,五,又或者,认为我既作了引言,他就不能不承担正文的和盘托出,六,更或者,麦,水,盐,啤酒花,都是他的,我是酿造师——如果有了这样的听众,我便不再对镜,随即回身开讲了,讲题是"为了使世界从残暴污秽荒漠转为合理清明兴隆,请您献出您的一茎头发"……大厅空着,阒无人影,听众怎会不来呢,那是因为,啊,那是由于我们对事物的取舍不像决定髭须的去留之容易,那是由于无可奈何才产生象征,将来有谁会说"还是二十世纪有味",就不必提前自作多情了,我们都难免有点像石阶上的纸袋空罐,风能吹得动的便飘一会滚一会,记不清前几天做什么,此外,便是薄的学士,滑亮的硕士,人造纤维的博士,还不如把花瓣洒在头上的好,认命不认输就已经很不错了,富兰克林的靴子价格是幽默的,"重过生活"的愿望并不幽默,怪只怪希腊神话中的"忘川"流出了神话,流入了现代都市的水管,而且太阳嫉妒思想,铜皮肤的思想者的体温真高,破旧的公园就是拉斐尔画过的雅典学院,意大利以罗马治安极差著名,长城的砖被搬回家去垒屋砌灶,"见而信"则本来就是无济于事,"不见而信"则愈来愈办不到了——因此,大厅空着……每个时代众说纷纭之后都是以几个警句来作为钟楼塔尖而留存的,本世纪迟迟不出塔尖,临末,警句来了,"只有一个地球",非常滑稽,这本该是哲学家政治家提的口号(老早可以含羞带愧地捧出来了),结果却呈现在七十年代瑞典斯德哥尔摩召开的国际环境会议所发的《人类环境宣言》里,警报的意义是重大的,除了生态的外在的环境需要敲响一只钟,不是还有别的钟也长久不响了吗,海德公园东北向的"自由论坛"这个大名鼎鼎的"演说角"的可悲的象征性要到何月何年才成为可笑的记忆,演说家老是站在肥皂箱上,容易误认为肥皂推销员,现在已进化到自制轻便小讲台,蜗牛壳似的随身背来背去,和平主义者,禁酒宣教师,女权论者,星相家,赛马迷,登高一呼,自会有人围拢来,打诨,调排,嘘之诘之——正牌大牌的哲学家政治家不仅从勿光顾而且绕道好望角似的绕过演说角,然而绕不过地球,人也就是这些人,俏皮话和老实话要说明的是一个意思,"一切都要过去"……大厅,巨镜,黑讲坛,不见了,草坪,石阶,全裸半裎的男女不见了,那是因为我自己已走到哈德逊河畔,风从树枝间吹来,我透了口气,摇摇头发(可不是吗),沿河南下,有一平平小岛,其上的自由女神正在接受大修理,明明是不修理不行了,自然界是存在和毁灭的循环,自然界是不事修理的,可不是吗,这一带草坡上的树木葱茏得几乎是森林了,绿影中传来诵诗的男声(我差点儿吃了一惊),他全身文艺复兴时期的装束打扮,另一个只穿短裤背心的女人羚羊似的环绕着他连连拍照(啊演员),他的发型,髭式,高颈围,窄袖,紧身裤,缚带的长袜子,翻口的船鞋,无不是伊丽萨白朝的个人复辟,我与他相距十步,有四百年时差的缥缈感觉,使我驻足不忍离开,他则旁若无女人地一心朗诵,双手作出几许优雅的动作,间歇时,把手指并紧,很明显地五指并紧,按在胸前,或腿上——这是十五十六世纪上流社会的习惯、风尚,以前我对此细节是忽略掉了(原来手指要并得这样的紧),从而感慨自己对于以往的时代的情操和习尚是多么荒疏无知,人类曾经像尊奉王者那样地敬爱面包师,而罗马人之所以自豪,他们只要有演出和面包,而法国人之所以比罗马人更加自豪,他们只要演出不要面包,而人类全都曾经像严谨的演员对待完整的剧场那样对待生活(世界),田野里有牧歌,宫廷内有商籁体,教堂中有管风琴的弥天大乐,市井的阳台下有懦怯而热狂的小夜曲，玫瑰花和月光每每代言了许多说不出口的话，海盗的三桅帆壮丽得几乎使人忘了大祸临头，啤酒装在臃肿的木桶里滚来滚去，一袭新装时髦三年有余，外祖母个个会讲迷人的故事，童话是一小半为孩子而写一大半是为成人而写，妈妈在灯下缝衣裳，宽了点，长了点（明年后年还好穿），白雪皑皑，圣诞老人从不失约，节日的前七天已经是节日了，然后是黑白灰的寄宿学校，透明的水彩画，手拉手的圆舞曲，骑术剑术是必修课（第一次吸雪茄时又咳又笑），服役的传令，初试军装急于对镜，远航归来，埠头霁时形成狂欢节，怀表发明之后，正面十二个罗马字和长短针，打开背壳，一帧美丽的肖像，沉沉的百叶窗（缕射的日光中的小飞尘），拱形柱排列而成的长廊似乎就此通向天国，百合花水晶瓶之一边是纤纤鲸脂白烛，鲸骨又做成了庞然的裙撑，音乐会的节目单一张也舍不得丢掉，人人都珍藏着数不清的从来不数的纪念品（日记本可以上锁的），雕花木器使一个不大的房间拥有终生看不完的涡形曲线，交通煞费周章所以旅行是神圣的，绵绵的信都是上等的散文，火漆封印随马车绝尘而去，风磨转着转着，羊群低头啮草，骑士挺枪而过，盔铠缝里汗水涔涔如小溪，剑客往往成三，独行侠又是英雄本色，云雀叫了一整天，空地上晾着刚洗净的桌布和褥单，小窗打开又关上又打开，两拍子的进行曲，铜管乐队走在大街上，早安，日安，一夜平安，父亲对儿子说，"我的朋友，你一定要走，那么愿上帝保佑你"，少女跪下了，"好妈妈，原谅我吧"……对于书、提琴、调色板，与圣龛中的器皿一样看待，对于钟声，能使任何喧哗息止，钟声在风中飞扬，该扣的纽子全扣上，等等我，请等等我，我就来……那时，很长很长的年代，政变，战乱，天灾，时疫，不断发生，谣言，凶杀，监狱，断头台，孤儿院，豺狼成性的流寇，跳蚤似的小偷，骗子巧舌如百灵鸟，放高利贷的都是洞里蛇，恶棍洋洋得意，逆子死不改悔，荡妇真不少，更多的是密探和叛徒——都有，不像历史记载的那些些，还要数不胜数，那时候（那许多年代），人类的世界可以比喻为一只船，船长，大副二副，水手（小孩算是乘客），心里知道此去的方向，人人写航海日记，月复月年复年的进程确实慢得很，烦躁，焦灼（有人跳海了），船还是缓缓航行……这样，就这样驶入本世纪，快起来，快得多了，全速飞蹿，船长大副二副水手不再写日记，不看罗盘星象，心态是一致的——"管它呢"，谁知道从哪里来到哪里去——这不是"迷航"，是迷航则必要慌忙了，不慌不忙，那无疑是目标之忘却方向之放弃，一次又一次的启蒙运动的结果是整个儿蒙住了，"不知如何是好"是想知道如何才是好，"管它呢"是"他人"与"自我"俱灭，"过去"和"未来"在观念上死去，然后澌尽无迹，不再像从前的人那样恭恭敬敬地希望，正正堂堂地绝望，骄傲与谦逊都从骨髓中来，感恩和复仇皆不惜以死赴之，那时，当时，什么都有贞操可言，那广义的贞节操守似乎是与生俱来的天然默契，一块饼的擘分，一盏酒的酬酢，一棵树一条路的命名，一声"您"和"你"的谨慎抉择，处处在在唯恐有所过之或者有所不及，孩童，少年，成人，老者，都时常会忽然臊红了脸……仿佛说，我第一次到世界上来，什么都陌生，大家原谅啊——"我思故我在"的时代过完之后，来的竟是"我不思故我不在"的风气潮流，二十世纪是丰富了，迅速了，安逸了，宇宙大得多了，然而这是个终于不见赧颜羞色的世纪，可不是吗，我漫游各国，所遇者尽是些天然练达的人，了无愧怍，足有城府，红尘不看自破，再也勿会出现半丝赧颜半缕羞色了，心灵是涂蜡的，心灵是蜡做的，人口在激增，谁也不以为大都市的形式和结构是深重的错误，到博物馆去，到藏书楼去，到音乐厅去，仿佛去扫墓，去参与追悼会，艺术家哲学家曾经情不自禁仁不他让地以"酒神"命名，以"酒神节"来欢呼"精神之诞生"……麦子在悄悄发霉，葡萄一天天干瘪，"忘川"流出神话就混浊了一切水……我也只记得午睡醒来喝了咖啡，洗了澡刮了髭须，空手从水果铺子出来，没有在哥伦比亚大学中阅读过任何一本单独的书，想抽烟而走在草坪的小径上，怕累赘而不买九角钱一双的长统靴，我承认受到富兰克林"重过一遍生活"的诱惑，承认那次讲演是在排练中即告失败的，踽踽行到哈德逊河边，邂逅"文艺复兴人"，五指并紧的古典款式使我联想起逝去了的寒却了的人类社会的无数可怜的细节，那么，我想重过一遍的不是我个人的生活，那么说"只有生活在一七八九年以前的人才懂得生活的甜蜜"的泰雷兰德不能算是傻瓜，那么现在真是一个不见赧颜羞色的世纪，那么我眼前的一片水不是哈德逊河（什么河呢），河水平明如镜，对岸，各个时代，以建筑轮廓的形象排列而耸峙着，前前后后参参差差凹凹凸凸以至重重叠叠，最远才是匀净无际涯的蓝天……那叠叠重重的形象倒映在河水里，凸凸凹凹差差参参后后前前，清晰如覆印，凝定不动……如果我端坐着的岸称之为此岸，那么望见的岸称之为彼岸（反之亦然），这里是纳蕤思们芳踪不到之处，凡是神秘的象征的那些主义和主义者都已在彼岸的轮廓丛中，此岸空无所有，唯我有体温兼呼吸，今天会发生什么事，白昼比黑夜还静（一定要发生什么事了），空气煦润凉爽，空气也凝定不动，渐渐我没有体温没有呼吸，没有心和肺，没手也没足（如果感到有牙齿，必是痛，如果觉得有耳朵，那是虚鸣），我健康正常，所以什么都没有，目不转睛，直视着对岸参差重叠的轮廓前后凹凸地耸峙在蓝天下……要发生的事发生了——对岸什么都没有，整片蓝天直落地平线，匀净无痕，近地平线绀蓝化为淡紫，地是灰绿，岸是青绿，河水里，前前后后参参差差凹凹凸凸重重叠叠的倒影清晰如故，凝定如故，像一幅倒挂的广毯——人类历代文化的倒影……前人的文化与生命同在，与生命相渗透的文化已随生命的消失而消失，我们仅是得到了它们的倒影，如果我转过身来，分开双腿，然后弯腰低头眺望河水，水中的映象便俨然是正相了——这又何能持久，我总得直起身来，满脸赧颜羞色地接受这宿命的倒影，我也并非全然悲观，如果不满怀希望，那么满怀什么呢……起风了，河面波澈粼粼，倒影潋滟而碎，这样的溶溶漾漾也许更显得澶漫悦目——如果风再大，就什么都看不清了。

明天不散步了

上横街买烟，即点一支，对面直路两旁的矮树已缀满油亮的新叶，这边的大树枝条仍是灰褐的，谅来也密布芽蕾，有待绽肥了才闹绿意，想走过去，继而回来了，到寓所门口，幡然厌恶室内的沉浊氛围，户外清鲜空气是公共的，也是我的，慢跑一阵，在空气中游泳，风就是浪，这琼美卡区，以米德兰为主道的岔路都有坡度，路边是或宽或窄的草坪，许多独立的小屋坐落于树丛中，树很高了，各式的门和窗都严闭着，悄无声息，除了洁净，安谧，没有别的意思，倘若谁来说，这些屋子，全没人住，也不能反证他是在哄我，因为是下午，晚上窗子有灯光，便觉得里面有人，如果孤居的老妇死了，灯亮着，死之前非熄灯不可吗，她早已无力熄灯，这样，每夜窗子明着，明三年五年，老妇不可怜，那灯可怜，幸亏物无知，否则世界更逼促紊乱，幸亏生活在无知之物的中间，有隐蔽之处，回旋之地，憩息之所，落落大方地躲躲闪闪，一代代蹙眉窃笑到今天，我散步，昨天可不是散步，昨天豪雨，在曼哈顿纵横如魔阵的街道上，与友人共一顶伞，我俩大，伞小，只够保持头发不湿，去图书馆，上个月被罚款了，第一个发起这种办法的人有多聪明，友人说，坐下看看吗，我的鞋底定是裂了，袜子全是水，这样两只脚，看什么书，于是又走在街上，大雨中的纽约好像没有纽约一样，伦敦下大雨，也只有雨没有伦敦，古代的平原，两军交锋，旌旗招展，马仰人翻……大雨来了，也就以雨为主，战争是次要的，就这样我俩旁若无纽约地大声说笑，还去注意银行的铁栏杆内不白不黄的花，状如中国的一般秋菊，我嚷道，菊花开在树上了，被大雨灌得好狼狈，我友也说，真是跟踉跄跄一树花，是什么木本花，我们人是很絮烦的，对于喜欢的和不喜欢的，都想得个名称，面临知其名称的事物，是舒泰的，不计较的，如果看着听着，不知其名称，便有一种淡淡的窘，漠漠的歉意，幽幽的尴尬相，所以在异国异域，我不知笨了多少，好些植物未敢贸然相认，眼前那枝开满朝天的紫朵的，应是辛夷，不算玉兰木兰，谁知美国人叫它什么，而且花瓣比中国的辛夷小、薄，即使是槭树、杜鹃花、鸢尾、水仙，稍有一分异样，我的自信也软弱了，哪天回中国，大半草木我都能直呼其名，如今知道能这样是很愉快的，我的姓名其实不难发音，对于欧美人就需要练习，拼一遍，又一遍，笑了——也是由于礼貌、教养、人文知识，使这样世界处处出现淡淡的窘，漠漠的歉意，幽幽的尴尬相，和平的年代，诸国诸族的人都这样相安居、相乐业、相往来……战争爆发了，人与人不再窘不再歉不再尴尬，所以战争是坏事，极坏的事，与战争相反的是音乐，到任何一个偏僻的国族，每闻音乐，尤其是童年时代就谙熟的音乐，便似迷航的风雨之夜，蓦然靠着了故乡的埠岸，有人在雨丝风片中等着我回家，公寓的地下室中有个打杂工的美国老汉，多次听到他在吹口哨，全是海顿爸爸，莫扎特小子，没有一点山姆大叔味儿，我也吹了，他走上来听，他奇怪中国人的口哨竟也是纯纯粹粹的维也纳学派，这里面有件什么超乎音乐的亟待说明的重大悬案，人的哭声、笑声、呵欠、喷嚏，世界一致，在其间怎会形成二三十种盘根错节的语系，动物们没有足够折腾的语言，显得呆滞，时常郁郁寡欢，人类立了许多语言学校，也沉寂，闷闷不乐地走进走出，生命是什么呢，生命是时时刻刻不知如何是好……我是常会迷路的，要去办件事或赴个约，尤其容易迷路，夜已深，停车场那边还站着个人，便快步近去，他说，给我一支烟，我告诉你怎样走，我给了，心想，还很远，难寻找，需要烟来助他思索，他吸了一口，又一口，指指方向，过两个勃拉格就是了，我很高兴，转而赏味他的风趣，如果我自己明白过两个街口便到，又知道这人非常想抽烟，于是上前，他以为我要问路，我呢，道声晚安，给他一支烟，为之点火，回身走了，那就很好，这种事是永远做不成的，猜勿着别人是否正处于没有烟而极想抽烟的当儿，而且散步初始时的清鲜空气中的游泳感就没有了，一阵明显的风，吹来旎旎醷醷的花香，环顾四周，不见有成群的花，未知从何得来，人和犬一样，将往事贮存在嗅觉讯息中，神速引回学生时代的春天，那条殖民地的小街，不断有花铺、书店、唱片行、餐馆、咖啡吧，法兰西的租界，住家和营商的多半是犹太人，却又弄成似是而非的巴黎风，却也是白俄罗斯人酗酒行乞之地，书店安静，唱片行响着，番茄沙司加热后的气味溜出餐馆，煮咖啡则把一半精华免费送给过路客了，而花铺的秘醇浓香最会泛滥到街上来，晴暖的午后，尤其郁郁靟靟众香发越，阳光必须透过树丛，小街一段明一段暗，偶值已告觖绝的恋人对面行来，先瞥见者先低了头，学院离小街不远，同学中的劲敌出没于书店酒吧，大家不声不响地满怀凌云壮志，喝几杯樱桃白兰地，更加为自己的伟大前程而伤心透顶了，谁会有心去同情潦倒街角的白俄罗斯旷夫怨妇，谁也料不到后来的命运可能耇然与彼相似，阵阵泛滥到街上来最可辨识的是康乃馨和铃兰的清甜馥郁，美国的康乃馨只剩点微茫的草气，这里小径石级边不时植有铃兰，试屈一膝，俯身密嗅，全无香息，岂非哑巴、瞎子，铃兰又叫风信子，百合科，叶细长，自地下鳞茎出，丛生，中央挺轴开花如小铃，六裂，总状花序，青、紫、粉红，何其紧俏芬芳的花，怎么这里的风信子都白痴似的，所以我又怀疑自己看错花了，不是常会看错人吗？总又是看错了，假如哪一天回中国去，重见铃兰即风信子，我柔驯地凝视，俯闻，凝视，会想起美国有一种花，极像的，就是不香，刚才的一阵风也只是机遇，不再了，三年制专修科我读了两年半，告别学院等于告别那小街，我们都是不告而别的，三十年后殖民地形式已普遍过时，法兰西人、犹太人、白俄罗斯人都不见了，不见那条街，学院也没有，问来问去，才说那灰色的庞然的冷藏仓库便是学院旧址，为什么这样呢，街怎会消失呢，巡回五条都无一仿佛，不是已经够傻了，站在这里等再有风吹来花香，仍然是这种傻……起步，虽然没有人，很少人，凡是出现的都走得很快，我慢了就显出是个散步者，散步本非不良行为，然而一介男士，也不牵条狗，下午，快傍晚了，在春天的小径上彳亍，似乎很可耻，这世界已经是，已经是无人管你非议你，也像有人管着你非议着你一样的了，有些城市自由居民会遁到森林、冰地去，大概就是想摆脱此种冥然受控制的恶劣感觉，去尽所有身外的羁绊，还是困在自己灵敏得木然发怔的感觉里，草叶的香味起来了，先以为是头上的树叶散发的，转眼看出这片草地刚用过刈草机，那么多断茎，当然足够形成凉涩的沁胸的清香，是草群大受残伤的绿的血腥啊……暮色在前，散步就这样了，我们这种人类早已不能整日整夜在户外存活，工作在桌上，睡眠在床上，生育恋爱死亡都必须有屋子，琼美卡区的屋子都有点童话趣味，介乎贵族传奇与平民幻想之间，小布尔乔亚的故事性，贵族下坠摔破了华丽，平民上攀遗弃了朴素，一幢幢都弄成了这样，在幼年的彩色课外读物中见过它们，手工劳作课上用纸板糨糊搭起来的就是它们的雏形，几次散步，一一评价过了，少数几幢，将直线斜线弧线用出效应来，材料的质感和表面涂层的色感，多数是错误的，就此一直错误着，似乎是叫人看其错误，那造对了造好了的屋子，算是为它高兴吧，也担心里面住的会不会是很笨很丑的几个人，兼而担心那错误的屋子里住着聪明美丽的一家，所以教堂中走出神父，寺院台阶上站着僧侣，就免于此种形式上的忧虑，纪念碑则难免市侩气，纪念碑不过是说明人的记忆力差到极点了，最好的是塔，实心的塔，只供眺望，也有空心的塔，构着梯级，可供登临极目，也不许人居住，塔里冒出炊烟晾出衣裳，会引起人们大哗大不安，又有什么真意含在里面而忘却了，高高的有尖顶的塔，起造者自有命题，新落成的塔，众人围着仰着，纷纷议论其含义，其声如潮，潮平而退，从此一年年模糊其命题，塔角的风铎跌落，没有人再安装上去，春华秋实，塔只是塔，徒然地必然地矗立着，东南亚的塔群是对塔的误解、辱没，不可歌不可泣的宿命的孤独才是塔的存在感，琼美卡一带的屋子不是孤独的，明哲地保持人道的距离，小布尔乔亚不可或缺的矜持，水泥做的天鹅，油漆一新的提灯侏儒，某博士的木牌，车房这边加个篮球架，生息在屋子里的人我永远不会全部认识，这些屋子渐渐熟稔，琼美卡四季景色的更换形成我不同性质的散步，回来时，走错了一段路，因为不再是散步的意思了，两点之间不取最捷近的线,应算是走错的,幸亏物无知,物无语,否则归途上难免被这些屋子和草木嘲谑了,一个散步也会迷路的人,我明知生命是什么,是时时刻刻不知如何是好,所以听凭风里飘来花香泛溢的街,习惯于眺望命题模糊的塔,在一顶小伞下大声讽评雨中的战场——任何事物,当它失去第一重意义时,便有第二重意义显出来,时常觉得是第二重意义更容易由我靠近,与我适合,犹如墓碑上倚着一辆童车,热面包压着三页遗嘱,以致晴美的下午也就此散步在第二重意义中而俨然迷路了,我别无逸乐,每当稍有逸乐,哀愁争先而起,哀愁是什么呢,要是知道哀愁是什么,就不哀愁了——生活是什么呢,生活是这样的,有些事情还没有做,一定要做的……另有些事做了,没有做好。明天不散步了。

下辑

上海赋

本篇的最初一念是,想到"赋"这个文体已废弃长久了。"三都""二京"当时算是"城市文学"。上海似乎也值得赋它一赋。

古人作赋,开合雍容,华瞻精致得很,因为他们是当作大规模的"诗"来写的("赋者,古诗之流也"),轮到我觊觎这个文体,就弄得轻佻刻薄,插科打诨,大失忠厚之至的诗道。再者,太冲、平子二位先贤,都曾花了十年工夫从事,门庭藩溷皆置笔纸,现成的资料想必多得用不完,我却托人觅一张上海的旧地图也千难万难,只凭一己风中残烛般的记忆,写来实在上下勿着把,左右不逢源。原拟的九个章目,择了其二其三,以"从前的上海人"为题,没头没尾地发表了,当然不成其为赋,据说读者都心痒,不满足。那已是去年秋天的疚歉事。

现将另外的四个章目敷衍出来,兴已阑珊,不复有"三都"、"二京"、"一市"的联想了,之所以还要以"赋"为名,意在反讽。这样糟的糕,竟敢邻比"古诗之流"——读者在嘲笑作者太无自知之明时,就放松了更值得嘲笑的从前的上海人。

从前的从前

大约廿世纪二十年代初到四十年代末,上海显现了畸形的繁华,过来之人津津乐道,道及自身的风流韵事,别家的鬼蜮伎俩——好一个不义而富且贵的大都会,营营扰扰颠倒昼夜。豪奢泼辣刁钻精乖的海派进化论者,以为软红十丈适者生存,上海这笔厚黑糊涂账神鬼难清。讵料星移物换很快就收拾殆尽，魂销骨蚀龙藏虎卧的上海过去了，哪些本是活该的，哪些本不是活该的；谁说得中肯，中什么肯，说中了肯又有谁听？因为，过去了呀。

尤其在海外，隔着暂时太平的太平洋，老辈的上海人不提起上海倒也罢了，一提起"迪昔辰光格上海呀"，好比撬破了芝麻门，珠光宝气就此冲出来，十里洋场城开不夜，东方巴黎冒险家的乐园，直使小辈的上海人憾叹无缘亲预其盛。尚有不少曾在上海度过童年的目前的中年者，怪只怪当时年纪小，明明衣食住行在上海，却扑朔迷离，记忆不到要害处，想沾沾自喜而沾沾不起来。这批副牌的上海人最乐于为正牌的上海人作旁证，证给不知"迪昔辰光格上海呀"为何物的年轻人听，以示比老辈不足比小辈有余。其实老辈的眷恋感喟，多半是反了向的理想主义，朝后看的梦游症。要知申江旧事已入海市蜃楼，尽可按私心的好恶亲仇的偏见去追摹。传奇色彩铺陈得愈浓，愈表明说者乃从传奇中来，而那些副牌杂牌的上海人的想当然听当然，只不过冀图晋身"上海人"的正式排档耳。

"上海"！一望而知这块地方与海有着特殊因缘，叫起来响亮爽脆，感觉上又摩登别致，其实是宋代人不加推敲地取了这个毫无吉庆寓意的乏名。宋代的上海起先是一个小镇，到后来才升为县，清季把上海归属松江府。道光二十二年中英《江宁条约》的订立，不论厄运好运，上海是转运了，从兹风起云涌蔚为商埠，前程一天比一天更未可限量。此丕变，以出现英、法等国的租界为征候为标帜。西方远来的冒险家并不冒多少险，以经营地产为发财捷径这是明的白的，那暗的黑的致富之道便是私贩"洋药"鸦片。反正"鸦片战争"的结果是开"不平等条约"之端，所谓"五口通商"的其他四口，自然不及上海的得地理之优越。市境处于黄浦江与吴淞江的合流点，扼长江门户；东向出驶，近可达沿海诸埠，远通东洋南洋西洋各国；西入长江，沿江省会襟带衣连；是故当初京沪、沪杭甬、淞沪等铁路之兴建，皆以上海为起点。现下健在于海内外的"老上海"们，大抵记得租界浪向灯红酒绿纸醉金迷邪气好白相，也许忘了一九二七年的上海还只算是特别市，到一九三〇年才直辖当时的行政院，重新勘定市界,把原有的十七个市乡概名为区。其中的特别区,便是英美合称的公共租界及法租界。从黄浦江外滩起,由公共租界的大马路和法租界的法大马路,下去下去卒达静安寺区长约十里,就是口口声声的十里洋场,或十里夷场十里彝场——翻翻这点乏味的老账,无非说,上海与巴黎、伦敦这些承担历史渊源的大都会是不同类的。老账如果索性翻到战国时代,楚相黄歇请封江东是献了淮北十二县作交换,当然算得有头脑、识时务,而江东的政治中心却定在苏州。春秋后期,东南沿海已借水路发展商业,上海北面有水道叫沪渎。渎是通海的意思。黄歇浚了一条黄歇浦(黄浦江),又修了一条通阊门的内河(苏州河),可奈三千食客中的珠履分子没有造外洋轮船的工程师,春申君到底未能出国访问对外贸易。

两汉、魏晋南北朝,上海平平过,曾泛称为海盐县、娄县,唐代改称华亭县,虽设置船舶堤岸司、榷货场,但还只是"上海镇"。宋熙宁年间,此镇尚属华亭县,南宋的瞿忠、王士迪辈之所以在上海占籍生根,着眼于上海物价比杭州便宜,本人还是去临安做官的。

元朝短,铁骑蹂躏,上海反见萧条。明嘉靖之重视上海,那是为了筑城御倭寇。清初因郑成功、张煌言的沿海活动,上海"海禁"了。康熙解禁,上海复苏;康熙崩,雍正又把上海封闭——翻翻这点更寒酸的"流年不佳"的老账,意思是"上海"从来没有出过大事物大人物,就算明朝万历年间的徐光启还像样吧——总之近世的这番半殖民地的罗曼蒂克,是暴发的、病态的、魔性的。西方强权主义在亚洲的节外生枝,枝大于节。从前的上海哟,东方一枝直径十里的恶之华,招展三十年也还是历史的昙花。

繁华巅峰期

整四年,上海畸形繁华的巅峰期是整整四年,已过去半个世纪。一九三七年秋末,日军在杭州湾登陆,租界之外的上海地区全部沦陷,租界有了新名称:"孤岛"。"八一三"抗战爆发后,不仅苏州河以北的居民仓皇避入租界,上海周围许多城市的中产者,及外省的财主殷户富吏,纷纷举家投奔租界,好像赶国难狂欢节，人口从一百万猛增到四百万。外国人非但不走，反而向西方呼朋引类，连手利用租界当局的所谓中立政策，使"冒险家的乐园"加倍险了别人乐了自己。英美金融资本通过汇丰、麦加利、花旗三大银行，稳稳控制着上海的经济枢纽，欧美各国商品充斥上海市场，很多公司店铺纯卖舶来品，所以上海人一向对国际名牌精品背诵如流，借此较量身份之高低。苏联的大轮船彩旗招展在黄浦江口，好莱坞影片与莫斯科影片同时开映，这边桃乐赛摩娜巧笑，那边夏伯阳怒目，国际间谍高手云集，谁也不放过远东最急剧的情报漩涡。法西斯德国特派大师级女宣传家专驻上海，美、英、法、意、苏联都在上海精密设置间谍中心，《大美晚报》、《泰晤士报》、《密勒士评论》、《二十世纪》、《总汇报》、《时代》、《每日战讯》，这些英文、法文、俄文、中文、日文的报刊布满上海街头，报童喊来琅琅上口琅琅换口。广播电台更是直截了当，英国电台、苏联电台、德国电台，用中、英、俄、德、法、日等语抢报新闻，宣传战空前白热化。上海的商业性电台在夹缝中自管自出花头，忽而蓬拆蓬拆郎呀妹呀"香槟嗯酒气满场呀飞",忽而铜磬木鱼"救苦救难广大灵感白衣观世音菩萨",梵音和靡靡之音无非为了做生意。

尚须回顾抗战前的那几年。中国江南得天时之美,庄稼及农副业收成普遍丰饶,而上海确凿在工业生产和市场消费的有机关系上,已形成系统颇见气候,加之各地涌来数以百万计的人口中,不乏挟巨资以争雄长的俊杰,中产者也横心泼胆,狠求发展,小产、无产的活动分子,个个咬牙切齿四出拼搏,有不可穷尽之精力——新的工厂、商店、旅馆、酒家、游乐场、大厦、公寓、小洋房,这边破土动工,那边落成剪彩,愈造愈摩登漂亮。租界四陬本来是黑暗冷清的,际此高楼林立万家灯火,都市迅速膨胀,还是容纳不了疯狂涌来的人潮。大房东、二房东,三房东,即使是房客也招收单身寄宿者,甚至一个无窗无门的小角落,白天是小赵的窝,夜里是老沈的巢。租费的昂贵不足为奇,奇的是"顶费",顶费者既非信用押金,亦不是预付租款,完全是敲诈性的索取,而且必须一次付以足赤的金条,当时叫"条子",租赁谈判叫"讲条子"。大房东先伸手,二房东向三房东伸手,三房东向房客伸手,房客向"大上海"伸手,金条乱飞,不舍昼夜,从一九三七年到一九四一年,只要在租界上顶到一个店面、一只电话,无不财源滚滚心宽体胖。然而若要成为"真正上海人",就大有讲究,一"牌头"、二"派头"、三"噱头"(又称"苗头")。"牌头"是指靠山,亦即后台,当时说法是"背景"。总之得有军政要员、帮会魁首、实业大王、外国老板,撑你的腰,即使沾一两分裙带风,斜角皮带风,也够牌头硬了。君不见客厅的最显眼处挂着一帧大大的玉照——"××仁棣惠存×××持赠",这便相当于"姜太公在此百无禁忌"。再说"派头",原是人生舞台的服装和演技,要在上海滩浪混出名堂来,第一是衣着华贵大方,谈吐该庄时必庄,宜谐时立谐,更要紧的是庄谐杂作,使人吃不准你的路数,占不了你的上风,你就自然占了他的上风。交际手段玲珑阔绰,用对方的钱来阔绰给对方看,"小鱼钓大鱼",那小鱼很大,大到使人不疑忌是诱饵。于是大鱼上钩,也有大鱼假装上钩,一翻身将渔夫吞进肚里。空论无据,且举一二实例:某甲上古玩市场,瞥见其友乙正要付款买翡翠项链,他上前开口:

"啥格末事啊，娘我看看叫！"（什么东西，让我瞧瞧！）

说着便把项链拿过来，问了价钱，掏出皮夹：

"好格好格，我也付一半钞票。"

乙当然少付了一半，项链呢，甲说：

"摆勒侬老兄手里，卖勿到杜价钿格，我来搭侬出货，卖脱子大家对开。快来西格，勿要极。"（放在你老兄手里，卖不到大价钱的，我来帮你销售，卖了对半分。很快的，不用急）

乙倒呆了，甲说：

"哪能,侬勿相信我呀？"（怎么,你不相信我呀？）

只好相信。后来的结果，即使不是上海人也能推想得出来——此小焉者，只够点明上海人玩手段的派头，自有一种行云流水之妙。试再举例：当年虞洽卿获悉宫廷宠臣到上海来采办一票洋货，巨额惊人，无奈谁也通不进内线，他便候机会趁大佬官巡幸在路上时，"不巧"撞伤其马车，然后登门道歉请罪，然后赔偿一辆格外精良时髦的新马车，然后奉重贽设盛宴，然后大佬官谈起那票洋货，虞洽卿义不容辞，当差效劳，从中获利无算，而全部过程实在英豪慷慨派头十足。这种模式是上海大亨的看家本领，世袭法宝，后来的杜月笙也精于此道，多次用到当时的国家台柱身上去，一贯富而悭吝的黄金荣亦颇知及时大处着眼讲派头，小处则每次上澡堂都要在门口撒银元，引众起哄，"黄老板财神爷"。那年代伶界领袖也都以"老板"作尊称，电台中报道：梅兰芳老板，麒麟童老板。金少山则确凿善装老板派头——至此岂非已从"派头"咏入"噱头"了？"噱"，在汉书中是大笑的意思，口腔之上下亦谓之"噱"，但上海话的"噱"的含义是不妙而微妙的，贬中有褒，似褒实贬，上海的官场、商场、文场、情场、戏场、赌场、跳舞场、跑马场、跑狗场，无处不是噱头世界。如说"牌头"、"派头"实为"噱头"之先导，岂非亦属于"噱头"范畴么。上海黑社会以层次复杂冠绝全球，绅士风度翩翩的镀金博士，他是拜了"老头子"的；相帮推车登桥，讨几个小钱的瘪三，他是有上司"爷叔"的；每条路每条弄堂都由黑诸侯割据着，而听令于黑天子。如此则绅士——老头子，瘪三——爷叔，黑诸侯——黑天子，其间的利害为用，全凭噱头之高低。印证在数百万市民的日常生活运作中,就是陈家噱周家、周家噱陈家、陈先生噱陈太太、周少奶奶噱周少爷、父母噱儿女、外甥噱娘舅。票房价值最高的滑稽戏,广告:"噱天噱地""噱倒一家门"。巧言令色是噱功好,貌似忠厚是噱功更好,三十六计七十二变,上海人一字以蔽之:"噱"。骂年轻人"小滑头",他不生气,抖抖单腿很得意,因为承认他能耐超群,人家上他的当,他不上人家的当。骂年长者"老滑头",他不见怪,摘下眼镜,哈了哈,揩揩再戴上,笑眯眯,因为这是在恭维他足智多谋,果断脱略,处世术炉火纯青——"噱"有阴阳之分,阴噱的段数高于阳噱,从前的上海人的生活概念,是噱与被噱的宿命存在,是阳噱阴噱的相生相克,阴噱固然叵毒叵测,而一旦遇上牌头硬的,堂而皇之噱过来,依挡得牢。

上海的畸形繁华巅峰期,工业成型,商业成网,消费娱乐业成景观,文化教育马马虎虎,学校以营利为目的,故称"学店"、"野鸡学堂",世风日下日下又日下,乱世男女冥冥之中似乎都知道春梦不长。既是糜烂颓唐烟云过眼,又是勾心斗角锱铢必争,形成了"牌头"、"派头"、"噱头"三宝齐放的全盛时代，外省外市的佼佼者一到上海，无不惊叹十里洋场真个地灵人杰道高魔高。那繁华是万花筒里的繁华，由"牌头"、"派头"、"噱头"三面幻镜折射出来，有限的实质成了无限的势焰，任你巨奸大猾也不免眼花缭乱。强中还有强中手，此山更比那山高，棉纱大王、水泥大王、瓜子大王、梨膏糖大王，什么都有王；粮霸、水霸、烟霸、粪霸，处处可称霸。即使马路边上叫卖西贝货的歪帽子老兄（西贝，贾，贾通假），若问："人家上当只上你一次？"那老兄答："每个人上我一次当，我也吃勿光用勿光哉！"这种江湖乾坤的精明圆通，上海人大抵心里有数无师自通。然后，"时代的巨轮滚滚向前"，牌头派头噱头都属轹碎扬弃之例——一个大都会，一宗观念形态的渊薮，它的集体潜意识的沉淀保留期相当长。希腊罗马凋零败落如此之久了，现今的希腊人罗马人脾气还很大，肝火说旺就旺。是则要上海人免于牌头派头噱头的折腾，还远得不知所云哩。而且，作为上海人而不讲牌头派头噱头，未知更有什么可讲的。

这一切泥沙鱼龙声色犬马的诡谲传奇，都是以十里洋场为背景的——三十年代上海的国际公共租界、主政工部局的是英国人,而美日等方亦参预权利,机关职员有华籍、日籍、印度籍,还有白俄。法租界的面积和势力也不小,况且地区好,文化高,每与公共租界的当局起争执。

一九四三年英美政府放弃了在中国的全部租借权,二次大战结束,租界归还中国,此后的四年,气数是衰了,上海人仍然生活在租界模式的残影余波中。怎么说呢,别的不说,单说英国在上海的投资,一九四九年尚高达三亿英镑。

无何英国人回英国,法国人回法国,美国水兵胡闹了一阵也回美国了,日本人一败涂地,摔碎碗盘回日本了,白俄走了(去加拿大、澳大利亚),犹太人走了(去美国、以色列、巴西)……外滩的百老汇大厦、沙逊大厦、汇丰银行……呆立不动,等待易名改姓。譬如那号称拥有世界上第一长吧台的 Shanghai Club,后来叫作海员俱乐部。

弄堂风光

先找一二以资"比较"者,而后从前的上海弄堂的特色或能言而喻之。

北京的胡同,最初的感觉是两边垣墙之矮,令人顿悟武侠的飞檐走壁不可不信可以全信,脚下的泥路晴久了就松散如粉,下雨,烂作长长的沼泽,而矮墙多年不刷石灰,病恹恹地连过去连过去,连过去。门,像是开着,像是闩着,从隙间望进去,枯索的四合院之类,有槐、榆,等等,树大者,里面就以树为主似的。复前行,垣墙恬不知矮地连过去连过去,门了,再过去直角拐弯,还是泥墙……出现砖面的墙,砖的青灰色使人透口气,分明一对石狮,两扇红漆的门,门和狮都太小,反而起了寒碜之感。北京的"胡同"是寂寞的,西风残照也没有汉家气象了。杭州的"巷"呢,也早与油壁香车遗簪坠珥的武林韵事不相干,两堵墙埤凛凛对峙,巷子实际是窄的,看起来就更窄,墙之所以高,为了防火,故称封火墙,恐怕也是为了防盗贼,因而历代坚持不开窗,只有门,似乎万不得已才开这个门，开了就紧紧关起来，多数是两道的。每条巷概是白灰黑色调，清虚成郁闷，行到巷与巷的交接处，有井，石栏光滑的井，周围算是公用之地，妇人们蹲着伛着淘米净菜，几棵瘦伶仃的树……杭州的巷，走着走着，不见得就是明心见性，却是懒洋洋渴望睡午觉，其实高墙里面有的是妯娌争风、姑嫂怄气、兄弟夺产、婆媳斗智——墙白着，门黑着，瓦灰着，巷子安静着。

上海的弄堂来了，发酵的人间世，肮脏，嚣骚，望之黝黑而蠕动，森然无尽头。这里那里的小便池，斑驳的墙上贴满性病特效药的广告，垃圾箱满了，垃圾倒在两边，阴沟泛着秽泡，群蝇乱飞，洼处积水映见弄顶的狭长青天。又是晾出无数的内衣外衫，一楼一群密密层层，弄堂把风逼紧了，吹得它们猎猎价响。参差而紧挨的墙面尽可能地开窗，大小高低是洞就是窗，艳色的布帘被风吸出来又刮进去。收音机十足嘹亮，"一马离了西凉啊界唉……青嗯的山唉，绿的水啾啾……"另一只收音机认为"桃噢花江是美唉人窝，桃噢花啊千嗹万唉万朵喔喔喔，比不上美唉人嗯嗯嗯多"。老妪们端然坐定在竹椅上，好像与竹椅生来就是一体，剥蚕豆，以葱油炒之，折纸锭锡箔，祖宗忌辰焚化之，西娘家桃花缸收音机都是这样的。小孩的运动场赌场战场也就在于此，脚下是坎坷湿漉的一条地，头上是支离破碎的一缕天，小鬼们闹得天翻地覆也就有限，而且棚檐下的鸟笼里的画眉、八哥婉转地叫，黄包车拉进来了，不让路不行。拉车的满口好话，坐在车上的木然泰然，根本与己无关，车子颠颠顿顿过去，弄堂的那边也在让路了，这边的老妪小孩各归原位，都记得刚才是占着什么地盘的。民国初年造起来的弄堂倒并非如此，那是江南的普通家宅，石库门、天井、客堂、厢房，灶间在后，卧室上楼，再则假三层，勉强加上去，甚而再勉勉强强构作四层，还添个平顶。不知何年何月何家发难，前门不走走后门，似乎是一项文明进步，外省人按路名门牌找对了，满头大汗地再三叩关，里面毫无反应，走动在附近的人视若无睹，碰巧看那个长者经过，向你撅撅嘴，意思是绕到后面去。上海人特别善于"简练"，对方当然也要善于领会才好，这一撅嘴是连着头的微转，足够示明方向方位了，但外地来客哪有这份慧能，仍处于四顾茫然中，长者却已噙着牙签悠悠踱去,落难者再奋起敲门,带着哭音地叫,"三阿姨哟","大伯伯啊"。近处的闲人中之某个嫌烦了,戟手指点,索性引导到后门口。入目的是条黑暗的小甬道,一边是极窄极陡的木楼梯,一边是油烟袭人的厨房,身影幢幢,水声溅溅,烧的烧洗的洗切的切,因为是几家合用的呀,从早到晚从黄昏到夤夜,上海弄堂的厨房里蠢蠢然施施然活动不止……为什么死要面子的上海人甘愿封闭前门而不惜暴露"生活"的"后台"呢,那是人口爆炸的趋势所使然,天井上空搭了顶棚,客堂里拦道板壁,都成了起居室,不然就招租,一间即一户人家,进出概走后门,后弄堂相应兴旺起来。稍有异事,倾弄聚观,如沸如撼半天半天不能平息,夹忙中金嗓子开腔了:"粪车是我们的报晓噢鸡,多少的声音都被它唤唉起,前门叫卖唉菜,后门叫卖唉米……"上海市民们听了认为很中肯,日日所闻所见的寻常事,亏她清清爽爽唱出来。大都会的"文明"只在西区,花园洋房,高尚公寓,法国夜总会,林中别墅,俱乐部,精致豪奢直追欧美第一流。而南、北、东三区及中区的部分,大多数人家没有煤气，没有冰箱，没有浴缸抽水马桶，每当天色微明，粪车隆隆而来，车身涂满柏油，状如巨大的黑棺材，有一张公差型的阔脸的执役者扬声高喊："咦……"因为天天如此，这个特别的吆喝除了召唤及时倒粪，不致作其他想。于是各层楼中的张师母李太太赵阿姨王家姆妈欧阳小姐朱老先生，个个一手把住楼梯的扶栏，一手拎着沉重的便桶，四楼三楼二楼地下来，这种惊险的事全年三百六十五次天天逢凶化吉，真是"到底上海人"。而金嗓子把粪车唱成"报晓鸡"，小市民未必都能领情这份诗意，恶臭冲天的粪车隆隆而去，卖米的乡下人果然来哉，上好的粳米，色白粒大，故称"杜米"，沪语"大"作"杜"音，更有"香粳米"，煮熟后异香扑鼻，尤佳者是浙江荡田的"碧粳"，晶莹如玉而微透翠绿，别致的是吴江的"血糯"，紫红的糯米，糯得你没有话说。卖菜者也各有标榜："南浔大头菜"、"无锡茭白"、"高邮咸蛋"、"萧山大种鸡"、"嘉兴南湖菱"、"十家香毛豆荚"，讨价还会，兵法原理大抵都用得上，谁买到了又好又便宜的东西，全弄堂为之艳羡，而且尊敬。"合算"，沪音"格算"，上海人在"格算，不格算"中耗尽毕生聪明才智,这就不是金嗓子所能唱得清楚了,所以周璇的抒情一转转为指控:"双脚乱跳是二房东的小噢弟依弟",想必是楼板缝里下来的灰尘落在泡饭碗里了,"哭声震天是三层楼上的小噢东嗡西","小东西"可能是个无事生非的坏女孩,一吃亏就号啕不止。至此,金嗓子有点疲倦,苦笑:"只有那卖报的呼声,比较噢有书卷气……"报纸即使是"号外"红印,也总是凶多吉少,周璇自作聪明言过其实,但这支电影插曲还算是从前的写实主义,最后,电影中的女主角表示:"这样的生嗯活,我实在有点儿过得腻。"这就很不真实,上海人从来不会感叹日子腻,张爱玲惯用的词汇中有一个"兴兴轰轰",乃是江苏浙江地域的口头语,在中国没有比"上海人"更"兴兴轰轰"的了。从前上海报纸的本市新闻多的是"自杀"消息,男则壮志未酬女则香消玉殒,吞金、吞鸦片、吞来沙尔,这些决定告别上海的上海人,并非像周璇小姐所咏叹的"生活过得腻",而是想兴兴轰轰实在兴轰不下去,才一了百了。如果灌肠洗胃救转来,养息十天半月,又会上理发店"做头发",然后开箱子抖出樟脑味的衣衫，然后再投入整个儿的兴兴轰轰之中，不是天无绝人之路而是当时的路还没有真绝。从前的上海呀，迪昔辰光格上海滩浪呀，"大鱼吃小鱼，小鱼吃虾米"。另一句也对，"鱼有鱼路，虾有虾路"，上海人，平日鱼虾吃得多，所以喜欢以鱼虾来自喻、喻他。弄堂角底的垃圾箱积满了鱼骨虾壳，灼热的煤球灰倒上去，腥臭随风四散，背篓筐的捡破烂者向垃圾箱一步步走近，蓬首垢脸，神色麻木而虔诚……

上海的弄堂，条数巨万，纵的横的斜的曲的，如入迷魂阵。每届盛夏，溽暑蒸腾，大半个都市笼在昏赤的炎雾中，傍晚日光西射，建筑物构成阴带，屋里的人都蠓蜞出洞那样地坐卧在弄堂里，精明者悄然占了风口，一般就株守在自家门前。屋里高温如火炉烤箱，凳子烫得坐不上，蜡烛融弯而折倒，热煞了热煞了，藤椅、竹榻、帆布床、小板凳，摆得弄堂难于通行，路人却又川流不息。纳凉的芸芸众生时而西瓜、时而凉粉、时而大麦茶绿豆粥、莲子百合红枣汤，暗中又有一层比富炫阔的心态，真富真阔早就庐山莫干山避暑去了，然而上海人始终在比下有余中忘了比上不足。

老太婆，每有衣履端正者，轻摇羽扇，曼声叫孙女儿把银耳羹拿出来，要加冰糖，当心倒翻；老头子，上穿一百二十支麻纱的细洁汗衫，下系水灰直罗长裤，乌亮的皮拖鞋十年也不走样，骨牌凳为桌，一两碟小菜，啜他的法国三星白兰地，消暑祛疫，环顾悠然。本来是上海人话最多，按说如此满满一弄堂男女老少总该喧扰不堪了，然而连续热下来，汗流得头昏眼花，没有力气噜苏，只想横倒躺平。天光渐渐暗落，黄种人的皮肤这时愈发显得黄，瘦的肥的，再瘦再肥的，都忘我而又唯我地裎裸在路灯下，大都会的市声远近不分地洪洪雷辊。从前的上海的夏天呀，臭虫多，家家难免，也就不怕丢脸，卧具坐具搬到弄堂里来用滚水浇，席子卷拢而拍之春之，臭虫落地，连忙用鞋底擦杀。已经入夜了，霓虹灯把市空映得火灾似的，探照灯巨大的光束忽东忽西，忽交叉忽分开，广播电台自得其乐地反讽："那南风吹来清嗯凉……那夜莺啼声凄咦怆……月下有花一咦般的梦嗡……"蒲扇劈啪驱蚊，完全国货的蚊烟像死烂的白蛇盘曲在地上，救火车狂吼着过了一辆，又一辆，夜深露重，还是不进屋，热呀，进去了又逃出来,江海关的大钟长鸣,明天一早要上班。从前的上海的夏令三伏,半数市民几百万,这样睡在弄堂里,路灯黄黄的光照着黄黄的肉,直到天明,又是一个不饶人的大热日子。

亭子间才情

只有上海人才知道"亭子间"是什么东西,三十年代的中国电影,几乎每部片子都要出现亭子间的场景,鲁迅的"且介亭",大概也着眼于租界亭子间自有其"苦闷的象征"性。话说二十年代伊始,外国的本国的大大小小冒险家,涌到黄浦滩上来白手起家黑手起家,上海人口密度的激增快得来不及想想是好事是坏事。所谓亭子间者,本该是储藏室,近乎阁楼的性质,或佣仆栖身之处,大抵在顶层,朝北,冬受风欺夏为日逼,只有一边墙上开窗,或者根本无窗,仅靠那扇通晒台的薄扉来采光透气,面积绝对小于十平方米,若有近乎十平方米者便号称后厢房,租价就高了。公务员、职工、教师、作家、卖艺者、小生意人、戏子、弹性女郎、半开门的、跑单帮的、搞地下工作的,乃至各种洋场上的失风败阵的狼狈男女,以及天网恢恢疏而大漏的鳏寡孤独,总是侥幸地委屈地住亭子间。单身、姘居是多数,也不乏标准五口之家,祖孙三代全天伦于斯者亦属常见,因为"且""介"呀,且介即租界,租界即洋场,洋场即有各种好机会可乘。外国新发明的"无线电"上海也仿造了,样子像教堂的拱门,门里挤出尖尖糯糯的女声,凭空唱道:"上海呀啊本来呀是天堂,只有噉欢乐啊没有悲唉伤,住了大洋房,白天搓麻将……"亭子间与大洋房相距总不太远,靠在窗口或站到晒台边,便见大洋房宛如舞台布景片那般挡住蓝天,那被割破的蓝天上悠悠航过白云,别有一种浩荡慈悲。亭子间里的音乐家咽下油条,簌簌谱出:"轰轰轰,哈哈哈哈轰,我们是开路的先喉锋,不怕你关山千万重嗡,不怕你……"大家听着觉得确实很有志气。其实亭子间中的单身男女,姘居者,五口之家,三世同亭,个个把有限的生命看作无限的前程,因为上海这个名利场不断有成功的例子闪耀着引诱人心,扬言"大丈夫能屈能伸"的时候,是屈得几乎伸不起来的当儿，晒台上晾着的绒线滴不完的褪色的水，竹竿把头顶的苍穹架出格子，双翼飞机从一格慢慢移到另一格，看来总归要打仗了。"无线电"自管自响着，"盛会噉喜筵开，嗳宾客啊齐咦咦咦来，红嗡男嗳绿噉女，好不开喉怀喉唉唉唉……"眼前红的是砖阑上的凤仙花鸡冠花，绿的是葱，或者是植在破面盆里的万年青。上海人家的屋顶晒台都兼充堆栈，凡是不经常动用狼犹物件，病兽般匍匐在那角子上，显得逍遥悦目的要算飘飘于风中的衣裤床单，扬扬如万国旗，寒酸中透着物华天宝之感。"夜上海喉夜上海，你是一个不夜城嗯……"此时将近正午，家家户户忙着煮饭烧菜，煤球炉摆在楼梯转弯的小平面上，看起来是临时措置，十年二十年就这样过去，靠老虎窗折下来的天光，或是一只五烛光的电灯泡，被油烟熏得状如烂梨，借着它的俯照，煎、炒、蒸、笃，样样来事，再加上房内秘制的糟、酱、腌、醉，以及吊在檐下的腊肉、风鳗……如果客人来了，四菜一汤，外加冷盆，不慌不忙布满桌面——上海人的嘴，馋而且刁，即使落得住亭子间，假凤虚凰之流，拉拢窗帘啃骨咂髓神闲气定。半夜里睡也睡了，还会掀被下床，披件大衣趿着拖鞋上街吃点心，非到出名的那家不可，宁愿多走路。斯文一些的是带了器皿去买回来，兢兢业业爬上楼梯，尔后，碗匙铿然，耸肩伏在苹果绿的灯罩下的小玻璃台板上，仔仔细细咀嚼品味，隔壁的婴儿厉声夜啼，搓麻将的洗牌声风横雨斜，晒台角的鸡棚不安了一阵又告静却。乡下亲戚来上海，满目汽车洋房应接不暇，睡在地板上清晓梦回乍闻喔喔鸡啼，不禁暗叹："到底上海人。"

然而亭子间生涯是苦恼的，厄隘蜷焗，全是不三不四的凋敝家具，磕磕碰碰，少了它们又构不成眠食生计，板壁裂缝，用新旧报纸整个裱糊起来，无聊时呆对半晌——胡蝶安抵莫斯科、百灵机有意想不到之效力、六〇六、九一四、罗斯福连任美国总统、鹧鸪菜、消治龙、《火烧红莲寺》、甘地绝食第六天、《夜半歌声》儿童恕不招待、猴王张翼鹏、美人鱼杨秀琼、航空救国大家都来买飞机、人言可畏阮玲玉魂归离恨天……还有镜框在低低的天花板下算是挂得高高的，许多小照片纷然若有主次，日子久了，松歪而乱了阵列，有些已经泛黄而淡褪，总归是本家姻亲的顶好的几个人呀，先父亡母的遗容是碳素擦笔画，代价比较便宜，街角的画匠着意按小照放大，无论天然、人工，都表示画中人死了。凡五口之家者，每有一帧结婚照，也许当年景况好，也许硬撑也得撑个场面，男的西装笔挺，头发梳得刷光，女的披上婚纱，那辰光叫兜纱，手里捧束鲜花，已经流行康乃馨了，照片是黑白的，不庄严也有几分庄严。结婚照是亭子间中的无上精品，隔年的月饼匣、加盖的米缸、藤筐、网篮、皮包、线袋……床底下塞满了就只好乱摆，然而看得出是煞费苦心地每天在整顿，粗粗细细的绳索也理直了分别挂起来，不是舍不得丢掉，总归用得着的。

也许住过亭子间，才不愧是科班出身的上海人，而一辈子脱不出亭子间，也就枉为上海人。

吃出名堂来

吃的生意，向来可以高逾三倍利，算得上中华三百六十行内的一项国粹生财之道。上海鱼龙混杂，鱼吃鱼料，龙吃龙料，鱼一阔马上要吃龙料，龙水浅云薄时，只落得偷吃鱼料。鱼为了冒充龙，硬硬头皮请别的鱼吃龙料，龙怕被窥破他处于旱季，借了钞票来请别的龙照吃龙料不误。于是上等上上等，下等下下等的大酒家小粥摊，无不生意兴隆。每条街上三步一"楼"五步一"阁"，两家隔壁的比比皆然。交际应酬必到之地，赔礼道歉在此圆场，庆婚礼寿弄璋弄瓦之喜，假座某某大酒家恭请阖第光临。讲斤两已成僵局，三杯过后峰回路转，也没有一对旷男怨女，不靠吃点啥喝点啥来表示情投意合，从而进行"三部曲"。

事情还得一早开始。从前的上海人大半不用早餐（中午才起床），小半都在外面吃或买回去吃。平民标准国食："大饼油条加豆浆"生化开来，未免太有"赋"体的特色，而且涉嫌诲人饕餮——粢饭、生煎包子、蟹壳黄、麻球、锅贴、擂沙圆、桂花酒酿圆子、羌饼、葱油饼、麦芽塌饼、双酿团、刺毛肉团、瓜叶青团、四色甜咸汤团、油豆腐线粉、百页包线粉、肉嵌油面筋线粉、牛肉汤、牛百页汤、原汁肉骨头鸡鸭血汤、大馄饨、小馄饨、油煎馄饨、麻辣冷馄饨、汤面、炒面、拌面、凉面、过桥排骨面、火肉粽、豆沙粽、赤豆粽、百果糕、条头糕、水晶糕、黄松糕、胡桃糕、粢饭糕、扁豆糕、绿豆糕、重阳糕、或炸或炒或汤沃的水磨年糕，还有象形的梅花、定胜、马桶、如意、腰子等糕，还有寿桃、元宝，以及老虎脚爪……

下午三点敲过，"荡马路"是上海生活的著名逍遥游。成双捉对的，一家老小的，独来独往的，晚风飘衣，缓步轻语，向西的慢慢西去，向东的慢慢东去，人数好像总是均等，从未见某一方向的行人特别多。虽说无为无目的，却是各有所钟。看橱窗，灵市面，盯梢，买点有趣的小物事，过程中都要吃点心。花式品质当然超于早点，概念属于国际传统"下午茶"，范围是中西古今兼容并包，从蟹粉小笼到火烧冰淇淋，从金腿雪笋猫耳朵到瑞士新货雀巢牌掼奶油，从采芝斋鲜肉梅菜开锅眉毛饺到沙利文当天出炉巧克力奶油蛋糕、CPC 咖啡现磨现煮……

从华灯初上到翌日凌晨三句钟，洋场夜市长达十小时。彩色电力照明伴着霓虹条，铺面招牌商标层层弹跳闪耀而上，上到高楼之顶，临空架起巨型广告，红绿黄蓝，曲折回旋，飞位变色，把艳艳的夜幕烘成金紫。欲雨不雨之际，云朵被映红了，压在黑黑的林立的建筑群体上，一派末日将临的炼狱气象。女的浓妆艳抹旗袍高跟，男的西装革履呢帽长衫；路上摩托吉普福特奥斯汀，空中酒香油气煎熬燔炙五味杂陈。汽车嘟嘟，电车当当，三轮车、黄包车丁零丁零，救火车、救命车呜哗呜哗横冲直撞，像要放火杀人；脚踏车、手推车不断地挨骂，红灯、绿灯，马路如虎口。"眼睛勿生格！""猪猡！滚开！""侬猪猡！""要倷老婆做孤孀阿是？""瘪三！""侬洋装瘪三，勿要面孔！"人行道上摩肩接踵，嘶喊怪笑招呼打朋调戏吃豆腐，"寻死哟？""嗨嗨寻侬一道死！""姆妈——姆妈——姆妈呀啊啊……""阿妮头，姆妈勒拉格搭！""小赤佬，侬摸袋袋阿是？""爷叔爷叔，好勒好勒好勒呀……喔唷！"

已无色相可以牺牲的野鸡、雌头，忽而站到明处，忽而退入暗角，都残败得脂粉也搽不上了，一脸死红烂白。电台正在播唱"烟花女子告阴状"；她们即使听见也觉得唱的不就是自己。租界上的路警叫作巡捕，绰号"红头阿三"，手执警棍，踱来踱去，突然从后裤袋掏出春宫照片，塞给小孩子，乍一看吓得转身就逃，阿三挥棍大笑。据说他们不是印度人,是巴基斯坦人。

马路夜市最安分的摊贩,"嗄格里格嗄来末大家买,看得里格勿嗄勿要噢买……"那伴奏的洋铜鼓正好是"嗄、嗄、嗄格里格嗄",听来十分坦荡和谐。"嗄"者,便宜也,买主却都要横拣竖拣,狠心还价。不拣不还价,岂非"瘟生"、"阿木林"、"寿头码子"了?拣吧,尽拣勿动气。价钿讲定,问你:"要包一包?"要,摊主俯下身去綷綷縩縩用纸包好,细绳扎起,拎出来。"再会!"纸包里已不是你拣中的东西,而是次货或假货——耶稣!到底啥人是"瘟生"、"阿木林"、"寿头码子"?勿赚侬两钿,我吃西北风啊?妮穷爷真叫运道勿好,啥人喜欢勒拉马路浪敲铜鼓?

上海是人的海。条条马路万头攒动,千百只收音机同时开响。杨四郎动脑筋去探母,打渔的萧大侠决定要杀家了,黄慧如小姐爱上车夫陆根荣,杨乃武、小白菜正在密室相会。长达十小时的沸腾夜市,人人都在张嘴咂舌,吃掉的鱼肉喝掉的荼酒可堆成山流作河。

那时的宴楼总是两层三层,式样仿照西洋,结果完全是中国自己的格局。招牌上的金字颜体成了谭体,脑满肠肥地高高挂起，当门便是宽敞的楼梯。雕花车木扶栏漆得锃亮，每一级的立面排镶着五色纹样的方块瓷砖，硬塞给你花团锦簇的印象。楼梯顶头必是大镜，映够了对街跳跃的灯火。楼下的铺面生意叫"堂吃"，价格普通，光线较暗，座位也挤，少有衣履鲜妍者，却往往客满。跑单帮开码头之流，以及买醉果腹的低档白相人暨白相嫂嫂，脸多横肉，肉上多风尘。

相比之下，楼上就陡然明煌耀目，这厅连那厅，虚隔着丝绒长幔，角几盆花正红，壁饰屏条"梅兰竹菊"，后面一排小房间珠帘沉垂，那是"雅座"，多半是预订的，真正富贵的筵席怎会设在这里？这里是暴发市侩的摆场面充阔佬，或者正在拉拢一局文不对题的尴尬婚姻，或者演着用色相作贿赂以金条买义气的滩簧文明戏。

最放肆富声色还得要算那一厅连一厅的吃客，男女个个在说话，纵情咳笑，说之笑之不足便高叫、拍手。猜拳的吆喝似啼似吠似嗥似吼，强迫拉回王朝盛世科举时代：一品当朝，两榜利呀，三星照呀，四季红呀，五经魁呀，六六顺呀，七巧渡呀，八仙寿呀，快得利呀，全福寿呀，对、对呀，喜相逢呀……错拳罚三杯，先要门前清。

"侬勿来事哉,我呀,我又不醉,换大杯?上哦?""侬想要我好看,我搭侬吃到天亮,看啥人先赖到台子底下去!"有的脸红极胀紫,有的脸白绷泛青,摇摇晃晃进洗手间,"开天窗","会钞","倒拔蛇",有的自用食指、中指挖喉咙,呕个清爽再上阵,这倒是古罗马的作风,可见上海人罗马人都是聪明人。

此时另有聪明人上楼来了,一男一女,老而憔悴,滞钝多礼,自是见过世面的,男的坐而架腿操琴,女的立着拈帕开腔,嗓子沙嗄板眼颇有路数,转弯抹角处竭力要传名派的神。抽足鸦片来卖唱,收得碎钱再去燕子窝吞云吐雾。上海夜市的酒楼,语声叫声笑声豁拳声堂倌呼应声盘盏铿锵声,再加上这番苍凉高亢的西皮二黄流水倒板,整个酒楼会浮起来浮起来,整条街也随之恍惚荡漾。

在睢恣咆哮的众生中,唯一清醒有为的是堂倌,踮着像是不着地的小急步,这桌那桌穿梭往来。忽而抑扬顿挫报菜名,忽而向厨房的方向关照敦促,忽而为客人结账口诵心算历历无误。苍白的脸上,那片挂上去的微笑，五小时十小时不会掉下来。端菜端饭，是一项绝技，左手可拿四碗六碗，碗搁在碗与碗之间也就此摆到腕上臂上，右手少说亦是两盘三盏，平平稳稳汤水不溢，对于时鲜品类烹调法，有问必答，深入浅出。凡是特别嗜好，一定转向厨下，包君满意！呀，汤凉了，马上进去回锅，添一把翠生生的红根菠菜；可以用饭了吧，饭已送到桌边还有大盘银丝卷；小囡打翻杯盏，"勿碍勿碍"，立刻揩抹干净；雪白的热毛巾双妹牌花露水香得刺鼻，递了一遍又一遍；看看是专心侍候着这边，静如处子；那边稍有倾向当即反应过去，动若脱兔，整个厅堂在他心上是一局棋。你说："迪只菜味道不错。"他说："本楼特色，老吃客是识货格。"你说："伊只物事推扳。"他说："对勿起，下趟保险烧好，今朝勿算数。"

夜戏散场，压轴性的喧嚣闹忙过后，上海整个疲乏不堪，到处油污脏水废物垃圾。长长的多桥的苏州河秽黑得无有倒影，蒸发着酷烈的辛臭。野猫在街口哀鸣。窗子一扇扇熄了。马路上的夜风说冷不冷说热不热，含着都市统体的汗骚膻腥，淡而分明。真的能感觉到屋顶路面都在喘息。暗暗讨饶,只剩街灯下碎烂的报纸飘起、旋落。

等到江海关的大钟一敲,晨光一照,报童一喊,垃圾车一过,商店的千门万户一开,上海又上了海,精神一小时一小时抖擞起来。那种没有操场的小学,孩子们只好在人行道边列队,望着对马路热气腾腾的早食店,齐唱:"礼、义、廉、耻,表现在衣、食、住、行,这便是……"一直唱到"未……来种种譬如今嗯日嗽生"。城里小囡比乡下小囡聪明,也不知自己在唱什么,这时"食"的现世轮回倒又转动了。

从前的上海人的口腹之禄,包罗世界范畴的美食异琼、华夏诸传统宗派的名厨自然就荟萃申江。单以黄浦区而言,京、广、川、扬、苏、锡、杭、甬、徽、潮、闽、豫以及清真、素斋、本地等,十六种风味各擅胜场,明显优势在于五大帮:

京菜——源出山东,以鲜嫩香脆为特色,倚仗宫廷款目,煞有富贵介事,引人想入非非,而调理纯正,盘式雍容,菜中之缙绅也。

粤菜——有"海派广东菜"之称,淡雅清爽,于若生若熟中见技巧，品名花俏，用料淫奇，神妙处大有仙趣，菜中之丽姝也。

川菜——标榜"七味"：酸、甜、麻、辣、苦、香、咸。"八滋"：麻辣、鱼香、酸辣、怪味、红油、干煸等。实则一辣以蔽之，自有其王气霸气，菜中之纵横家也。

扬菜——镇江世系，刀工精，主料明，和顺适口，回味醰悠。可家常，可盛宴，菜中之出将入相者也。再者，维扬细点，允为隽物。

本帮菜——本帮菜就是上海人伶俐性格的食品化，小东门十六铺德兴馆：红烧秃肺、生炒圈子、酱魥樱桃、虾子乌参，尤其是一道以生煸草头垫底的蒜蓉红焖大肠，遐迩闻名。广西路老正兴：白糟腌青鱼、春笋火腿川糟，得味自然，他家的糟是自己酿制的。小花园大陆饭店的清炒去皮鳝背，松腴芳茹，而炸双排不拘挂糖醋、洒椒盐，一色金黄勿沾油。牛庄路天香楼：象牙菩鱼，刺少肉致，配葱蒜姜酒下锅生炒，白里透黄，宛如象牙，那菩鱼是杭州七里塘所产，确系神品——上海菜刁钻精乖，识时务者为俊杰也。

话说三十年代初，昆山阿双以清汤鸭面驰誉苏常一带，有鉴于沪西发势迅猛，抢先在拉都路开张分店：红汤熏鱼面、荠菜虾仁豆腐、素炒杏边笋（竹笋以生在银杏树旁者最佳），或谓阿双的清汤鸭面，当列为中国"国面"云。近大中华酒店，有"大发"者，本是绍酒馆，后聘苏州松鹤楼主厨，研制出虾脑酱汤面，热腾腾的银丝面上，覆一层赤蕾赪尾的清水河虾，恰似珊瑚盖白玉。

申江民间小吃，以当令时新为竞取，燕笋、头刀韭菜、马兰头、油菜薹、苜蓿、毛豆荚、豌豆苗、莴苣、蚕豆、荠菜、油塌菜、霜打黑河豚菜……河蚌、香螄、糟田螺、呛虾、硝肉、糟蛋、鳗鲞、醉蟹、南乳渍蚶子……

上海人是不怕玩物丧志的，猪大肠叫"圈子"，鸡肫肝称"时件"，青鱼肉脏曰"秃肺"，狗脔讳"香肉"，蛙腿号"樱桃"，鱼尾则"豁水"，那中段者"肚档"，火腿与鲜猪爪共炖，文火历昼夜，红白相映，赐谥"金银蹄"，形容黄鱼炸得蓬松，乃名"松鼠黄鱼"，嫌"鳖"不韵，改字"圆鱼"，或"甲鱼"、"水鸡"，其沿背壳之软体，昵呼"裙边"，美食家之大嗜也，再要溯涉"松江四鳃鲈鱼"，矜贵若翻娜嬛食谱，那就更加如梦似真了。

上海人曾把"西餐"通俗口语化为"大菜","吃大菜"是时髦风光的,但被老板训斥,亦讥讽或解嘲作"老板请侬吃大菜"。

上海的西式汤类中,有两只不可不提。一只是"金必多汤",用鱼翅鸡茸加奶油,由宁波厨师创制出来,以徇前清遗老遗少、旧派缙绅的口味;另一只是"罗宋汤",沪地多的是流亡的白俄,不论贵族平民,一概被贬为"罗宋瘪三"("罗宋"——"俄罗斯"、"露西"之早期汉译),因此"罗宋汤"当然是他们带过来的杰作,大抵牛肉、土豆、卷心菜、番茄酱、葱头、月桂、牛油,据说还加有炒香了的面包屑,所以分外浓郁可口。但此二者究竟不属正宗洋味,若要尝尝法式大菜,亚尔培路"红房子",波尔多红酒原盅焖子鸡,百合蒜泥焗蛤蜊,羊肉卷莱斯。再则格罗希路"碧萝饭店",铁扒比目鱼,起司煎小牛肉。就算是霞飞路 DDS 的葱头柠檬汁串烧羊肉,也真有魅力,虽然 DDS 更有名的是满街飘香的咖啡。

德国饭店为数亦夥,不过"来喜"、"大喜"能以慕尼黑啤酒、丹麦原桶啤酒饷客。"来喜"老板肥得可亲,

"大喜"女主胖得可爱，二人同样喜色勿懈，上帝不掷骰子，他与她却日日夜夜掷骰子，客方赢，白喝一大杯，老板赢，你喝酒照付钱，是故何乐而不掷不喝呢。那骰子也别致，羊皮包成的，比麻将牌远大，两颗，抓在掌中很柔驯，更柔驯的是他们店里的德式咸猪脚。莹白靡软而富弹性，佐以黑啤，绝矣。还有粉红色的沙拉，用红菜头拌鸡丁鱼粒，恍若桃李争春。

虹口区"吉美饭店"，一派西欧乡村情调，木桌木椅概取本色，三分旧意，洗刷又特别清洁，杯盘餐具质朴无华，菜也是以素净取胜，黄豆绒汤，芋泥炸板鱼。如果再要讲究，就到静安寺路"大华饭店"去品味黑海鱼子酱，他们的主厨是出重金从马赛聘来的，还有一位是罗马烹调大师，论法式意大利式经典肴浆，无疑是顶呱呱的世界超水准。然而三十年代的海派西式食品中，夺魁者何？当推"起司炸蟹盖"，"晋隆饭店"出品，每当秋季阳澄湖清水大闸蟹上市，蒸后剔出膏肉，填入蟹的背壳中，洒一层起司粉，放进烤箱熟了上桌，以姜汁镇江香醋为沙司，美味直甲天下。

喜欢洋派甜食者，那么迈尔西爱路"伯思馨"白兰地三层奶油蛋糕,西摩路"飞达点心店"奶油栗子蛋糕,赫德路电车站转角"爱的尔面包房"下午茶时间出炉的鸡派,海格路"意大利总会"核桃椰子泥雪糕,永安公司"七重天"的七彩圣代,跑马厅"美心"白雪奶泡冰淇淋……

上海人就是这样饫甘餍奇吗?且莫怅惘,即使低廉如一碗白水光面,在上海也可有所发挥。

上海人爱面子,"光面"说不出口,做生意人又在乎叫得响,还要好听好口彩,于是,店伙喊了:

"嗳——上来一阳春呀!"

两碗面:

"嗳——双阳春来!"

三碗则:

"嗳——又来三阳开泰!"

四碗则:

"嗳——再加阳春两两碗!"

这种面类中最惭愧低档的"阳春面",做得中规中矩,汤清、面健、味鲜,象牙白细条齐齐整整卧在一汪晶莹的油水里,洒着点点碧绿蒜叶屑,贩夫佣妇就此,固不得已也，然而不乏富贵雅人，衣冠楚楚动作尖巧地吃一碗"阳春面"，宁静早已致远，淡泊正在明志，是都市之食中最有书卷气的。

从前的上海人中做吃食生意者，利用顾客心理，各有拿手好戏。每年鸡蛋旺季，冷藏设备有限，急需把鸡蛋推销掉，你去喝豆浆吧，刚刚坐下，伙计过来问：

"甜格咸格？"

你说了，他说：

"好，咸浆，鸡蛋一只还是两只？"

你说一只，他喊道：

"喂——又来咸浆一碗，加只蛋。"

你原是只想喝咸豆浆的，如果他问"要勿要加鸡蛋"，你会答"勿要"，而他问"鸡蛋一只还是两只"，你便去考虑两只太多，一只就够了——上海人这点偷换概念的小伎俩，施之于外省来的旅客，可谓稳扎稳打，除非是本地的"人精"，就不甘于被摆布：

"喔，老先生，侬早，请坐，甜浆咸浆？"

"咸格。"

"好，咸浆，鸡蛋一只两只？"

"今朝勿要哉。"

"哪能拉?"

"昨日被侬噱进了。"

"啊哟哟,侬老人家真是,鸡蛋吃勒侬肚皮里格,又勿是请我吃,侬钞票麦卡麦卡,豆腐浆里勿摆蛋赛过八月半唔没月亮,阿是?好,侬阿要辣油哦?"

"我是相信吃辣格!"

"好,嗳——咸浆一碗重辣,鸡蛋拣新鲜大点格,马上就来!"

概念再次偷换——上海人擅长在饮食男女等细节上展施小伎俩,多半总是收效的,因之自我感觉个个光滑良好,把自己当作鱼把别人当作水,如鱼得水的水其实都是鱼,然而却就此优哉游哉逝者如斯夫。即使轮到整个大都会被偷换了大概念,上海人还是以为靠微型的概念偷换,便足与巨型的概念偷换相周旋相抗衡,似乎愈是绝处愈能逢生,而且夹缝里发了财。租界期如此,孤岛期如此,日据沦陷期如此,胜利光复期如此,如此这般期如此,直到永远。

只认衣衫不认人

那时候,要在无数势利眼下立脚跟、钻门路、撑市面,第一靠穿着装扮。上海男女从来不发觉人生如梦,却认知人生如戏。明打明把服装称为"行头"、"皮子",四季衣衫满箱满橱,日日价叫苦:"呒没啥好着呀。"最难对付的是腊月隆冬,男的没有英国拷花开许米,女的没有白狐紫貂,"不宜出门",尤其别上人家的门。倘若勿识相,或者实在逼勿过了——冒着寒流来到某公馆——开门的阍人眼光比街上的风还冷,懒懒接过名片,门又带上,你且等着,怎能让你入内?主人家会呵斥:"不看看是什么人!"什么"人"呢,当然是指什么"衣",管你那秋季大衣如何漂亮吃价,时令一过,着毋庸议,若非告贷便是求情,上门来有啥好事体?

那年代的国货电影中,几乎每片都可看到这样的一串镜头——妙龄时装女子,婷婷袅袅上楼梯,稍作张望,立定在一扇门前,她拢拢发,舐舐唇,掸掸衣襟,举手笃笃笃敲三下,门将开未开的几秒间,皮鞋尖在小腿肚上迅速交换轻擦——这些个动作无愧为中国早期电影的"神来之笔",所以每片都要神来一下,明星无不驾轻就熟,因为在生活中还不是这样的吗!看戏的女人和作戏的女人都觉得有味道,当年的价值判断是:一个女人出来"交际",如果鬓发不整,口唇干燥,衣襟沾屑,鞋尖蒙尘,那就是"完了"。是故在门将开未开的刹那,全会本能地紧扣细节,虽然门开之后成事终究在天,要知开门之前到底谋事在人,何况是年纪轻轻的女人。

上海人一生但为"穿着"忙,为他人做嫁衣裳赚得钱来为自己做嫁衣裳,自己嫁不出去或所嫁非人,还得去为他人做嫁衣裳。就旗袍而论,单的、夹的、衬绒的、驼绒的、短毛的、长毛的,每种三件至少,五件也不多,三六十八,五六得三十,那是够寒酸的。料子计印度绸、瘪绉、乔奇纱、香云纱、华丝纱、泡泡纱、软缎、罗缎、织锦缎、提花缎、铁机缎、平绒、立绒、乔奇绒、天鹅绒、刻花绒,等等。襟计小襟、大襟、斜襟、对襟,等等。边计蕾丝边、定花边、镂空边、串珠边,等等。镶计滚镶、阔镶、双色镶、三嵌镶,等等。纽计明纽、暗纽、包纽、盘香纽,等等。尤以盘香纽一宗各斗尖新,系用五色缎条中隐铜丝,作种种花状蝶形诡谲款式,点缀在领口襟上,最为炫人眼目乱人心意。假如采旗袍为婚礼服,必是缎底苏绣或湘绣,凤凰牡丹累月经年,好像是一件千古不朽之作。旗袍的里层概用小纺,即薄型真丝电力湖绸,旗袍内还有衬袍,是精致镂花的绝细纯白麻纱,一阵风来轻轻飘起,如银浪出闪,故名"飞过海"。

旗袍奇在开衩,中华裙裾向来严不透风,长可及地,汉末始有旗袍之雏型者传入西域,至北魏乃流行于中原,盖开衩则便于骑马登鞍也。衍至清末民初,旗袍这一款式成熟了,开衩忽高忽低,做足输赢,人心叵测,感慨系之矣。

与旗袍相对而言的长衫,同样分单、夹、衬绒、驼绒、二毛、大毛。做面子的丝织品、毛织品,色泽文样完全独立于旗袍料之外,两者绝不混淆,稍有涉嫌便是奇耻大辱。男女衣料如此壁垒分明,诚不知据于什么律理。当年的社交场合,长衫加罩马褂方才正宗合格。公式是"蓝袍黑褂",大庆盛典,蓝黑济济,便算汉官威仪。那种马褂选料贵重,贡缎、毛葛,裁制十分讲究,是华夏之"礼"的体现，可是敢情长到脐下就没有了，预兆着"礼"的气数殆尽，格物致知者大可幸灾乐祸释作：一裻成谶。按旗袍和长衫系由满清服式演变而成的汉族绅士淑女装，当年一般正经男女是不穿两截头的衣裤的，妇姑御袄，必系长裙，即使平日家居，亦复旗袍长衫，起坐裕如。五十年后实难想像此种从容岁月斯文生涯。当时人也决计料不到子孙竟有短衫袴上大学讲堂，那还了得，庸讵知不了则已，一了就把长衫旗袍了个干干净净。这种时代的"代沟"，没有什么可以发人深省的，所以还可以"赋"下去。

冬季，北人南下到上海，都说够呛。因为冷得阴湿，透入骨髓，而上海人棉絮不及身，丝棉也只有垂垂老去者才纡尊迁就。天寒地冻大家照样丝袜绸衬衫，确保身材窈窕动作活络。是故室外非得有丰隆的外套不为功，西装固有大衣者，中装也另有长可及地的兜篷、披风、一口钟。沪谚"若要俏，冻得格格叫"，从落叶纷飞到白雪满地，男男女女咬紧牙关挺胸健步，潇洒苗条坚持不败，手背脚踵都生了冻疮，"勿冷勿冷，我是勿怕冷格"，嘴唇明明在抖，大家不说穿大家要漂亮。

春江水暖女先知，每年总有第一个领头穿短袖旗袍的，露出藏了一冬天的白臂膊，于是全市所有的旗袍都跌掉了袖子似的，千万条白臂膊摇曳上街，从"五四"时代的翩翩倒大袖，缩小缩短，直缩到肩胛骨。夏天了，旗袍无袖可言。四十年代初，那大袖一度翩翩归来，很快又过时哉。领子则高一年低一年，最高高到若有人背后相呼，必得整个身体转过来，那颈项箍在领圈中，扣着三四档纽襻哩。高领力求挺括，内衬细麻再上了浆，作领自毙苦不堪言。申江妖气之为烈于此可见一斑。

然则长衫旗袍自有其玄妙在，长衫要不宽不紧中显得大有余地。设：身高一米八十，其衫长可一米五十许，要使这一米五十许的线条或隐或显地上下呼应摆动，才够得上风度。不仅裁缝师傅务必高明，穿长衫的先生更得涵养有素，不瘟不火，周身线条流贯宕扬，实在玉树临风，儒释道三美皆备而莫衷一是。大学生则长衫配西裤，足登车胎底皮鞋，围巾前挂后垂，单手插入裤袋，长衫下幅就斜成帆形，快步行来，乘风破浪，国家兴亡匹夫有责，细考当年社会上流行的口头禅,"一盘散沙"、"五分钟热度"、"毕业即失业"、"结婚是恋爱的坟墓",那就不是区区长衫所能任其咎了。

而纵横洋场已成压倒之势者是"西装"。西装店等级森严,先以区域分,再以马路分,然后大牌名牌,声望最高的都有老主顾长户头,价钱贵得你非得到他那里去做不可,否则何以攀跻人夸示人?当年是以英国式为经典,中老绅士就之;法国式为摩登,公子哥儿趋之;意大利式为别致,玩家骑师悦之。

西装第一要讲料作。那时独尊英纺,而且必要纯羊毛,稍有混杂,身价大跌。夏令品类派力斯、凡立丁、雪克斯丁、白哔叽等,冬令品类巧克丁、板丝呢、唐令哥、厚花呢等,春秋品类海力斯、法兰绒、轧别丁、舍维、霍姆斯本、薄花呢等。所谓"英国花呢",厚薄两型纷繁得热昏。国际最新时装杂志汇集上海,中国缝工无疑世界第一。

大牌名牌的店家陈设优雅,氛围恬静。欢迎、请坐、奉茶或咖啡,寒暄几句,言下十分自负。"先生光临本店,想是慕名而来……"然后除了几上的一叠时装杂志,又从内部捧出最新的样本来。这时是顾客显骨子的当口了。如果你边看边品评,眼光凶,门槛精,店伙就起劲奉承,其中夹进微妙的辩论,最后完全听从你的抉择,就更加满足你的自尊心。

接下来是看料作。美妙绝伦,像图书馆那样庄严肃穆,凡你中意的,一匹匹拿下来,近看,远看,披在肩上对镜看,裹在腿上假设为裤管看——结果决定几套,三件头、两件头、独件上装,两粒纽、三粒纽,单排、双排,贴袋、嵌袋、插袋。还要商量夹里,半里、全里,羽纱?软缎?至于衬垫,"放心,阿拉勿会用白麻格,总归是黑炭,垫肩全羊毛,棉花是勿进门格"。

然后是量尺寸,手势轻快果断,颇有舞蹈性。如果你身材好,就量到哪里赞到哪里,"搭侬先生做衣裳,真开心,电影明星也哦末侬价司麦脱"。尺寸单的项目极其缜致,填满了,还要想想,加附注,长期保存,作下次的参考,而且说:"假使侬在外国,要做了,请关照一声,我伲打包寄过来。"

等到试样的日期,更是双方显骨子的时候。虽是他从旁帮衬,你动作要灵敏,程序要合拍,他手捉划粉,口衔别针,全神贯注,伶俐周到,该收处别拢,该放处画线，随时呢喃着征询你的高见，其实他胸有成衣，毫不迟疑。而你，在三面不同角度的大镜前，自然地转体，靠近些，又退远些，曲曲臂，挺挺胸，回复原状，立腿如何，分腿如何，要"人"穿"衣"，不让"衣"穿"人"，这套驯衣功夫，靠长期的玩世经验，并非玩世不恭。

上海人玩世甚恭，既要应和重视别针划粉的全套动作，又务必贯彻"唯我独尊"的见解要求。试样的过程是一个辩论的过程，若有不恭者不知趣，冒充行家，事态会激化到"本店牌子有关，还是另请高明吧"。真正懂"衣经"者却娓娓清谈，双方表示钦佩，"侬先生真讲究，讲究得真有道理"，"不然我也勿会定规要到宝号来哉"。复试，如果你无兴去店家，他可以到府上来效劳。初试仅一袖，这次两袖全，整套款式俱在。万一你又有新的意图，他不惜拆掉重做，是故往往要三次五次试样，双方绝不嫌烦，直到你的满意就是他的满意，临了说"先穿两天，假使有啥勿称心的地方，尽管请过来指教"——双方自始至终不提一个钱字，落落大方对大方落落。

从前上海人穿着普遍高水准,其中自然就不乏大师级者。一套新装,要经"立"、"行"、"坐"三式的校验。立着好看,走起来不好看——勿灵。立也好走也好,坐下来不好——勿灵。"立"、"行"、"坐"三式俱佳,也不肯连穿两天。"衣靠着,也靠挂",穿而不挂,样子要疲掉,挂而不穿,样子要死掉。

上海人能一眼看出你的西装是哪条路上出品的,甚至断定是哪店家做的。佣仆替你挂大衣上装时,习惯性地一瞥商标牌子,凡高等洋服店,都用丝线手绣出阁下的中英文姓名,缝贴在内襟左胸袋上沿。

衬衫、手帕也都特制绣名,衬衫现熨现穿,才够挺括活翻。领带卸下便用夹板整型。衣架和鞋楦按照实况定做,穿鞋先拿鞋拔,不论长袜短袜,必以松紧带箍好吊好,如果被看到袜皱了,"此人太没出息"。夏季穿黑皮鞋是贻笑大方的,全是白皮鞋的市面。黄皮和合色的——春秋,黑皮与麂皮的——冬季。

上海人特别注重皮鞋,名店也以地段分档子,也都是定做的。先将尊脚作立体几何的测量,然后特制木楦。也要试着,不满意,这一双就归店家吃进,另外重做一双。皮张也先供挑选,式样也根据欧陆的专业范本。做工也是世界一流。上海人把皮鞋视为圣物,也不肯连着几天,为了保持干燥和上楦定型。

路边,公共场所的角子上,到处有叫"擦皮鞋喤皮鞋擦哦",每天上油打光,上午下午两次也不稀奇,似乎一生事业爱情,关键在于皮鞋。上海人的生活信条是:宁可衣裳蹩脚点,皮鞋无论如何要考究。说也奇怪,一个人,如果细软的头发梳得一丝不苟,精美的皮鞋擦得一尘不染;衣衫普通,甚而寒素,倒反显得练达脱略,啥也不摆勒心上的样子,上海人真会卖弄风情。当然限于平日家居,出客则必得全副銮驾,连烟匣、打火机、票夹、雨伞,都要令人肃然起敬,否则就遭人嗤之以鼻,就是这样势利得淋漓尽致。

因为上海人太爱出风头,西装店的伙计,趁一套华贵的新装完工而尚未交货的夜晚僭穿了上娱乐场,顾盼自雄,以为得天时地利人和的总优势。数日后,那订户来找经理,要退货,原因是这套行头的"初夜权"被侵占了——上装的胸袋里两张戏票根。

因为上海男士出门都戴帽子,巴拿马金丝草帽、兔子呢礼帽、水獭皮罗宋帽,价值昂贵,坐黄包车三轮车及桥顶,刚开始下坡的刹那间,帽子被人摘去了。在公共厕所登坑的当儿,也容易遭遇"落帽风"。生活中总有此种客体或主体欲罢不能的顷刻,为歹徒所趁——干这一行的叫作"抛顶功"。

因为上海男女出门不能不穿得奢侈戴得齐整,夜间雇黄包车,几个转弯,拉进冷僻的暗弄堂,喊也来不及了。衣帽、首饰、手表、皮鞋、金丝边眼镜、钱包钞夹,照单全收。他拉车飞跑而去,你虽不一定赤条条,而受惊、受气、受寒,深夜里,光穿袜子,两眼迷糊,怎生走得回来。平明,为路人所见,指指点点。

"侬看,剥了猪猡哉!"——"剥猪猡"这个专门名词谅必是"剥"的一方定的,强抢了你,还把你作猪猡观。

因为上海的赌台非常阔绰,进门入局后,名烟佳酩香茗美点,随心所欲不计分文。并设有典当的部门,赌客光临之初,呢帽、大衣、洋装、革履全是名牌精品,气势果然磅礴。到后来现钞输个精打光,便典掉钻戒金表,继之大衣洋装、呢帽、背心、领带、衬衫、皮鞋、裤带、羊毛内衣裤统统落花流水进了典当柜。外面风雪交加,总得走呀,这时便可在后门的角落里取一片稻草席,一根草索,把身子裹了,拦腰束紧,赤脚奔回家去——上海赌徒的终极时装,赌台老板的最后一份想像力。这种"稻草夹克",当年上海街头是经常邂逅的,尝闻某公馆喜庆,婚礼既成,送入洞房,发觉新郎不见了,各处寻遍。当丈人、丈母、亲爸、亲娘联袂赶到赌场,蓦然回首,那女婿即儿子者,正在阑珊处用草席草索包装自身——他接住递过来的开许米大衣时的反应是:快去典了,上台再决雌雄!

然则还有大家一丝不挂相聚而谈笑风生的上海人——"浑堂",江浙两省称澡堂为"浑堂",倒也说明群体入浴沆瀣一气的特色。风尚大抵发源于姑苏。不是说早在春秋战国申江就受阖闾的影响了吗,"上半日皮包水,下半日水包皮"便是苏州人的一日之计。聚坐于茶馆,合孵于浑堂,理想主义紧贴现实主义,中华民族喜群居群食群厨,自然乐于群浴。

那浑堂招牌高挂,门庭若市,进门便买一根火烙印的竹筹:上、中、下三等。"下等"者灯光昏暗,陈设敝旧,毛巾旧而泛黄,长条的板铺上乱躺着出浴后的肢体,一派战时俘虏营的景象。"中等"就明亮得多,铺位上摊着蓝白阔条的浴巾,间以小几,供茶水,侍者少而默然,但已像个"人间"。那"上等"则亮得受宠若惊,高背躺椅弹簧软垫,厚质毛巾新雪般耀眼,茶是小壶现泡的,侍者手脚轻快,口齿伶俐。际此,上海人的服装的功能又发作了。如果周身光鲜入时,侍者便眉动目闪礼貌有加,倘若衣履晦暗背时,侍者就眉淡眼细照常办事。那么,衣裤总得脱下来,侍者用一根顶端有铜叉的竹竿,将衣裤叉了挂在你的位置上方,很高,可望而不可即,既对下面无影响,也免了那种非分之想,人心隔肚皮呀。手表交给侍者,若是名牌,他就套在自己腕上,一般的就锁入小柜的抽屉里。

那些已经浴罢而摊手摊脚憩息于高背躺椅上的人,说说笑笑,闲看别人脱衣,情况不能不分四类:外强中干,外干中强,外干中干,外强中强,其一者进来时神气活现,愈脱愈蹩脚,内衣裤旧而且破了——空心大老倌,呒没家底格。其二者外观平常,里厢件件簇崭新，贴身开许米一套——哦，讲究实惠，好人家出来格。其三者最灰溜溜，满心惭恧，强作镇定，快快脱光钻进池里去。唯外强中强者气定神闲，脱一件亮一亮，侍者小心小心叉上去，好像时装表演——存心别苗头，倒是拿伊呒办法。

待到身外之物全部高高挂起，众生俱平等相了。干巴巴、光致致的上海人，像缴械的败兵，狼狈窜入浴池。浴池很大，水蒸气郁勃氤氲，人都糊成灰白的影子，个个俯仰转侧剧烈活动着，皂沫、污秽、油腻使池水混浊得发稠发臭。水里站满了蓬头的、秃头的、癣疥的、疝气的、骨瘦如柴的、痴肥似豕的、殚垂惨白的、多毛刺青的，塞塞足足一池子，这样的浴池上海叫"大汤"。据称大汤是经仙人点化，不病不传染，信也罢不信也罢，鉴于池中人满之患，你得找空当快点下海，愈犹豫人就愈多了。既已到此，你只能舍身"入世"，不能再有"出世"之想。

要之，你毕竟不是上海人，但凡上海人从小就把浑堂当作外婆家，请看池中物多么生动活泼，如此烫人的浑水，他们毫不在乎地浸没全身。先是泡，泡够了再擦，擦透了，以小木桶挽水自泼，然后仰卧在池沿的平面上，闭眼，似乎困着了。四周笑的笑，唱的唱，口哨，下流话，击水作嬉，打起来了。真的打了，肉声夹水声劈劈啪啪，浪花溅入小孩的眼里，尖厉哭叫，男孩、女孩呢，是做爷的带来的，不用买筹，乐得便宜。小人懂啥，勿搭界的。那为父的不顾孩子皮肤薄嫩，抱之入水，烫得她惊呼流泪，顿时全身绯红，面孔尤其充血，好像融蜡似的变了形，那爷嘴里不停地自问自答："开心？开心？邪气开心来！"

真正开心的人在另一边，那大池的尽头，盖着湿黑的木板，沸水贮存库，几个中年老年人，船民般地蹲在木板上，将毛巾从板隙中缒下去，拎上来，就此嵌入脚趾缝间抽动，一吊一吊，手势纯熟到了优美，两眼瞪着没有远方的远方，斜翘嘴角，发出声，一吊一吊一吊一吊……据考这是脚气病杀痒之妙法，大抵欲仙欲死，云云。

助浴，北方称"搓背"，沪地叫"擦背"。你坐在池沿上，那青壮汉子左手控制着你的身体，右手紧裹毛巾，使劲从后颈开擦，及肩及背及肋及腰，竟有那么多的老垢滚滚而出。难为情？欢喜？男人真是泥做的！你仰卧，前胸、肚腹、胯间、大腿、小胫，也是滚滚的老垢。膝盖要弯起来擦，脚背脚踵趾缝，无微不至，这才用肥皂周身揉抹，结论性地挽起一桶热水整个浇下来——他像气功师，像屠夫，更令人回想起古代的奴隶，满头大汗，喘着……而你，全体表层微微作痛，脱了壳蜕了皮似的，分量减轻不少。快去莲蓬头下淋一遍，回大厅，侍者帮你拭干身子。躺下，腰间搭上浴巾，喝茶，你也不禁闲眺了。

侍者分二代，成年的是正职，少年的是学徒，做的事一样是接筹、领位、挂衣、送茶、递毛巾……那正职而年龄趋老的几个，可谓阅人多矣，稳重而油滑，鉴貌辨色，洞若观火，谁有钱谁有势，他十分清楚。奉承阿谀有钱势的浴客，对他并无实际好处，然而他要奉承，要阿谀，似乎是一种宿瘾，凑趣，帮腔，显得绰绰有余。哪个不得志，哪个败落了，他也明白得很。你若与之兜搭，他的回话和笑容寡淡如水，忽然他代你感叹"现在的世界做人难呀，呒没钞票是啥也不用谈"，听上去是同情，正好揭了你的底牌——何苦呢。再不得志，再败落，也比送茶水递毛巾的要强三分哪。然而他鄙视你，他用的是有钱有势的眼光看你的。这又是一种瘾头，要在你的身上过过瘾。

他待学徒是严厉的。指派、提示，都用骂人的话来吩咐，学徒总是瘦拐拐，钩头缩颈，稀发乱耸，得坐便坐，有靠处就靠着发呆挖鼻孔。"小赤佬拿毛巾去！"一惊而奔，身手扭得脱了骱似的。其实，当他长大变老时，也将油滑稳重到不可捉摸。

而真正有技能的是扦脚师傅。老人的趾甲大抵病变增厚，嵌进肉里去，故需用斜口的扦脚刀，趁浴后骨质软化，细细切薄剔净。那师傅特备一盏简装手术灯，戴起老花眼镜，一边闲谈一边操作，很像一位终生敬业的工艺美术家。

而真正神乎其技的当推敲背的那个高手。敲背之道应属按摩科，妙在握拳着点的多花式，发声就匪夷所思。时而春风马蹄，时而空谷跫音，时而啾啾唧唧，时而惊涛拍岸，轻重强弱的节奏变化，远胜于"击鼓骂曹"，接受敲背的那一方，据云臻于醍醐灌顶之化境。只是天下没有不散的筵席，夜渐深，浴客流连忘返，

侍者可要等大家走光之后,冲洗整理还有好一番忙碌。于是资深的师傅用叉衣的竹竿,权杖似的咚咚咚咚舂楼板,口中喊道:

"下雨了!下雨了!"

"啊?下雨了?"

"就要下雨了!就要下雨了!"

纷纷起身,披衣套裤,争先下楼,夺门而出。对马路高楼后面星月皎洁,长空一碧,不觉暗自失笑,想想这也是对的——上海话叫作"拨侬面子"(给你面子)。

面子第一要紧,上海人讲究穿着为来为去为了"面子",因此服装的含义或可三而述之:一、虚荣;二、爱好;三、自尊——凡虚荣每含欺骗性,是达到目的前的手段,故属权术的范畴。凡爱好,虽说发乎天性,而外向效应也是取悦人引诱人,内向效应则形成优越感,自恋自宠,乐此不疲。凡自尊,为了确保身份,成全个人的存在证觉,伦理观念流于生活细节,细节累计为大节——虚荣心态蔚为社会风尚,这个无处不在的大魔障,个人没法冲破,服装的欺骗性便愈转愈烈。而爱好的心态呢，或先认衣衫后认人，或既认衣衫又认人，近乎中庸，其实模棱两可，衣可人可，自己也只要做个"可人"。那第三类所谓伦理观念细节化的，是精于"衣道"者，细认衣衫细认人。能从"衣衫"上辨别判断"人"，必要时，达到不认衣衫只认人的明哲度——从前的上海人，在"衣"与"人"之关系的推论上，也许总不外乎这样的吧，因为后来上海人就不虚荣了，继之不爱好了，终于不自尊了，再后来又想虚荣又想爱好又想自尊，已不知如何个虚荣爱好自尊法。所以，从前的上海人在"衣"与"人"之广义关系的考辨推论上，总不外乎，就是这样的吧。

到此结束——想想又觉得旗袍的故事尚有余绪未断，法国诗人克劳台在中国住过很长一段时日，诗中描写"中国女袍"，深表永以为好之感。可惜西方任何种族的女子都与旗袍不宜，东方也只有中国女子中的少数，颀长、纤秾合度，脸椭圆，方才与旗袍相配莫逆。旗袍并非在于曲线毕露，倒是简化了胴体的繁缛起伏，贴身而不贴肉，无遗而大有遗，如此才能坐下来淹然百媚，走动时微飔相随，站住了亭亭玉立，好处正在于纯净、婉约、刊落庸琐。以蓝布、阴丹士林布做旗袍最有逸致。清灵朴茂，表里一如，家居劬劳务实，出客神情散朗，这种幽雅贤慧干练的中国女性风格，恰恰是与旗袍的没落而同消失。蓝布旗袍的天然的母亲感、姊妹感，是当年洋场尘焰中唯一的慈凉襟怀——近恶的浮华终于过去，近善的粹华也过去了。

后 记

本篇原定九章，既就六，尚欠三。此三者为"黑眚乾坤"、"全盘西化之梦"、"论海派"——写完第六章，因故搁笔数日，就此兴意阑珊，再回头，懒从中来，只好这样不了了之了。剩下一滩斑驳的残绪，不妨表其大概，也算无尾之尾。盖"黑眚乾坤"者，拟析述当年上海的黑社会的潜显架构，帮派内部运作的诡谲剧情，素材虽非全部勘证得来，而少时听上辈人讲得真多，记忆半新，道来或可十不离九。且半世浪迹江湖，自有高人赠我多部幽史僻典，籀读一过，犁然心动。异哉，盗亦有道，道亦有盗。然而真要写，就迹近掏酱缸了,还是低头袖手而过吧。那"全盘西化之梦"呢,有点像歌剧中的咏叹调,溯自二十年代至四十年代之际,上海租界及西区的高等市民,生态之欧化,确乎渐臻熟能生巧的境界,即小如饼干、面包、冰淇淋,洵可谓冠绝全球。耶诞将临,家家枞树,户户彩烛,徐家汇教区号称东方梵蒂冈,主体建筑媲美巴黎圣母院。二战后巴黎也要从上海移植法国梧桐,足见上海城市绿化的优美。但国之宿命,注定了上海无缘全盘西化,区区忝为实践"欧倾"的过来人,也不想恋旧唱挽歌。昔日申江繁华,可不是常春藤,倒成了竹子开花,而今而后,只有异化,全盘异化是指日可待的。最后说说"论海派",按古赋作法,篇末应有一"乱",总发其要旨也。昔鲁迅将"海派"与"京派"作了对比,精当处颇多阐发,然则这样的南北之分刚柔之别,未免小看小言了海派。海派是大的,是上海的都市性格,先地灵而人杰,后人杰而地灵;上海是暴起的,早熟的,英气勃勃的,其俊爽豪迈可与世界各大都会格争雄长;但上海所缺的是一无文化渊源,二无上流社会,故在诱胁之下,嗒然面颜尽失,再回头,历史契机骎骎而过。

要写海派，只能写成"上海无海派"，那么，不写也罢。呜呼于戏，有道是凡混血儿或私生子往往特别聪明，当年的上海，亦东西方文明之混血也，每多私生也——我对"海派"辄作如是观，故见其大，故见其失，故见其一去不复返。再会吧，再会吧，从前的上海人。